講談社文庫

貝に続く場所にて

石沢麻依

講談社

目次

貝に続く場所にて

人気《ひとけ》のない駅舎の陰に立って、私は半ば顔の消えた来訪者を待ち続けていた。記憶を浚《さら》って顔の像を何とか結び合わせても、それはすぐに水のように崩れてゆく。それでも、断片を集めて輪郭の内側に押し込んで、つぎはぎの肖像を作り出す。その反復は、疼《うず》く歯を舌で探る行為と似た臆病な感覚に満ちていた。

七月初めの陽射しは白さを増し、熱を惜しみなく放っている。その光線は色彩を鮮やかにしながらも、同時に全てを白と黒に還元してゆく。白く発光する駅前の広場には、影がなかった。そこのベンチには、この暑さの中でも溶けることのない彫像のように、距離を置いて人が腰を下ろしている。陽射しに留められたその静止像と対照的なのが、動き回る黒犬である。広場に透明に立ち上がる水に、犬はまとわりついていた。石畳には幾つも噴水口が穿《うが》たれ、そこから規則性もなく水が噴き出しては止む。子供の背ほどの高さに細長く伸びる水の柱は、周期の早い硝子《ガラス》の植物のように花開いては静かに消えてゆき、濡れた黒い円の跡を残す。犬は喜んで、白く透明に光る水蛇を相手に身体をくねらせていた。水が姿を消す度に、別の噴水口を目指して跳びかかる。彼だけが、この重たい陽射しをも無頓着に楽しんでいた。

ゲッティンゲンの駅前の白く灼けた石畳の広場の隣には、自転車が絡み合う森を作り上げている。置き場の隙間を縫うように自転車が複雑に押し込まれ、車体の金属は陽射しにも溶けることのない光を放っていた。いかなる方法で複雑な立体性が均衡を保っていられるのか、ここに来て三年経った今でも分からずにいる。そうしている間にも、男がひとり急ブレーキをかけ、その金属の森の縫い目に自分の乗ってきた自転車をねじ込むと、慌てて駅舎に向かって走って来た。駆けながらマスクをかけるしぐさも滑らかに、扉の奥へ吸い込まれてゆく。一台分の複雑性が加わった森は、すでに自転車という意味を失うほどに物の塊と化している。その表面をなぞる光に、意味の解けた物の塊の映像が別に浮かびあがり、歯痛を真似て疼き出した。

時間を確認して、駅舎の正面入り口から中を覗き込む。列車が到着したのか、ほぼ無人だったホールにいつの間にか人の姿があふれて、白い空間に色彩が豊かに満ちる。すぐに扉を潜り抜けて、白い陽光の中を遠ざかるうちに、現れた旅人たちはやはり色を失ってゆくのだった。犬の名を呼ぶと、水との戯れに名残りを惜しみつつも、彼はすぐに私の足元にとんできた。首輪にリードをつけて、駅舎の中に足を踏み入れる。白のホール内では、濡れた犬の毛の黒はより重みを増し、その色は白に半ば杭を打つように鮮やかで、私はその色彩を頼りに立っていた。

人が途切れ、声も途切れ、列車の発着を告げるアナウンスも口を閉ざし、わずかな間ホールが空白に満たされる。音の消えた白の中から踏み出し、通路をもう少し進んだ。駅の正面口と裏口が一直線に通路で結ばれているので、そこに幾つか置かれている硝子張りの昇降機さえ除けば、奥の扉まで小さく見通すことができる。静かな通路の端に立って視線を奥に投げると、そこに鮮やかな緑が扉枠に囲まれた絵画となって目に映った。その鮮明さは、見ている私との距離を縮めることはない。望遠鏡を反対側から覗くように、それは遠い世界の断片として視界をちらつくだけだ。そこに焦点を合わせると、ゆっくりと人の姿が結ばれる。遠近感の狂った通路に、野宮《のみや》が緑を背にして立っていた。こちらに気づいたのか、旅行トランクの単調な車輪の音が近づいてくる。距離が失われてゆくとともに、すでに遠ざかっていた時間と止まったままの記憶が、車輪の軋《きし》みを真似て動き出すのが分かった。背が高く痩《や》せた姿は、重たげな暑さを上手く受け流している。広い額やその下の大きな目の釣り合いは、中世の彫刻のそれをなぞったかのようだ。陽光に揺れる緑を背景にしているためなのか、教会の高い窓を覆うステンドグラスに描かれた聖人像をふと連想した。

しかし、記憶はそこでうまく働かなくなった。言葉をかけるのにふさわしい距離に立った野宮の口元は、白いマスクで覆われているために、鼻から下の印象はその布の色にぼやけてしまった。輪郭を曖昧《あいまい》にする白の陰では、口の動きも言葉の気配もよく見えなかった。それは私も同様で、暑く呼吸を妨げるこれが今は何よりも有難かった。口元を隠すその裏に私もまた潜んで、言葉を保留にしている。しかし、駅舎の正面入り口から離れたら、これを外すこととなり、そして時間を繋げるために言葉を見せる必要がある。野宮は硝子に閉じ込められた聖人像の印象から足を踏み出し、ようやく駅舎の外でマスクを外す。お久しぶりです、と思《おぼ》しき言葉の形に口が動こうとしたが、断絶した時間の長さに思い至り、声にならず曖昧な笑みに口元は小さく崩れていった。それでも軽いが丁寧な会釈を見て、何かがつかえる痛みと共に、記憶はばらばらに解けて用意していた言葉は失われた。こんな風に挨拶する人だった。私の寄せ集めて壊れた記憶は声を上げる。顔や姿よりも、そのしぐさに九年間が繋がろうとする。同時に、陽に透けないほどの存在感を抱えている姿に安堵したのだった。死者であろうとも影は足元に溜まる。私もまた言葉代わりの会釈を真似て返す。その下手な鏡像性に互いに苦笑したが、唇を一度動かしてしまえば、会話の始点は自然に置かれた。長い旅でしたね、と言えば、幾通りの意味も踏まえた上で野宮は頷き、少し疲れました、と自然な笑みを形作るのだった。列車が遅れて、乗り継ぎがうまくゆかなかったこと、他の列車を探そうと駅員に尋ねたが、早口のうえマスクのために声がこもって、聞き取りに苦労したこと、そして車窓から見た古い城塞の印象など、野宮は落ち着いた口調で語ってゆくのだった。その話しぶりや様子を見る限り、彼は普通の旅行者としか思えなかった。野宮の友人である澤田《さわた》の話から様々に思い描いていたことは、この現実感を前にして白く融けてゆき、私は相槌を打つだけの人形的な反応しかできなくなる。バランスの悪い会話の上に、幕を吊るす糸が切れるように、音を立てて沈黙が降ってきた。

緑が多いのに蟬の声はしない。途切れた会話に頓着することなく野宮はそう呟き、目を細めて陽射しを透かして、夏を焦がす声を探そうとする。白く重い光を時間の止まった身体は受け止めるが、彼の視線はどこか現《うつつ》に結びついていない。密度のある空白を満たす蟬の声を求めて、遠くの時間に眼差しが向けられている。

犬は少し距離を置いて、野宮の様子をうかがっていた。彼の身体言語は分かりやすく、先だけが白い尾は中途半端な高さで宙に引っ掛けられ、保留の印を描いている。自分の軌道からはみ出すことなく、犬は相手から近づくのを待っている。彼は野宮が幽霊であることなど気づいていないのだろう。見知らぬ他者に対する態度は一貫しており、そこに生者や死者の区別はないようだった。私はその点に安堵すると、野宮を促し旧市街へ続く通りの方へ歩き出す。私も犬も、そして野宮もまた遠目から見れば、色彩を失って白の中に溶けて消えてゆくように見えることだろう。その白は記憶の遠近感を曖昧にする。しかし、時間の断絶や距離を、それで埋めることはできなかった。

ゲッティンゲンは時間の縫い目が目立たない街である。ひとつの時間から別の時間へ、重ねられた記憶の中をすいすいと進んでゆくことができる。ドイツの多くの都市と同様に、歴史が厚く貯められた旧市街を核とし、それを囲んで覆うように街は四方にはみ出して広がってゆく。円形の旧市街は、市壁跡にくるりと囲まれている。すでに壁は取り払われ、代わりに森が薄く円環状に取り囲み、その中を小道が縫い、森林散策愛好者の足が踏み固めてきた。旧市街の端から端までは半時間程でたどり着き、歩き回って把握しやすい大きさである。その中に組み込まれた通りをなぞってゆけば、時間が多面体的な構造を重ねていることに気づくのだった。

野宮が滞在する場所は、やはり澤田を通して聞いていた。そこは旧市街から離れて北の方にあり、ゲッティンゲン大学の自然科学系のキャンパスに近い場所だった。「だから、バスで行った方がいいです」と言えば野宮は頷き、市壁跡の森を切り離す大通りへと私たちは足を進める。駅前にもバス停はあるが、そこから直通のバスは通っていない。そこで、旧市街内にあるバス停へ向かうことにした。

野宮の到着について知ったのは、二週間ほど前のことだった。到着の日まで、私たちは直接メッセージを送り合うことはなく、澤田の丁寧で細やかな仲介を利用していた。そのために、私はどこかで澤田の現身《うつしみ》代わりとしてここに来ている感が拭えずにいた。

影を引きずりながら、旧市街に差し掛かるとすぐに、陽射しを受けて鈍く光る黄金の球に行き当たる。淡色の石壁のホテルに面した歩道に、それは暗いブロンズ板の茎の上で膨らみ過ぎた蕾のような姿をさらしていた。野宮の視線がその輪郭をゆっくりとなぞる。これは太陽。そう伝える自分の声が思いのほか遠く、私は自分の場所を見失いそうになった。

ゲッティンゲンには、「惑星の小径《こみち》（Planetenweg）」と呼ばれる太陽系の縮尺模型が組み込まれている。古い記憶が重ねられた土地において、この模型の時間はまだ浅いが、すでに場所に馴染んでおり、幾つかある町の象徴のひとつにもなっている。駅から東に直線的に延びるゲーテ通りに置かれた太陽模型が始点となり、水星から海王星までの惑星模型が通りに沿って順次に並んでいた。その配置は二十億分の一の縮尺に合わせられているために、惑星模型の距離はばらばらであり、意識しないと素通りしてしまうことになる。水星から土星までは旧市街内にあるが、天王星と海王星はそれを抜けた住宅地の中に密やかに佇む。太陽系の端に当たる海王星は、ちょうど森との境界に位置する。太陽系を構成する惑星の距離感を、場所は上手く比喩的に重ね合わせているのだった。

惑星の小径は、ドイツ内部だけで凡《およ》そ五十か所設置されているとのことだが、いかなる理由で地上に太陽系の縮図が置かれているのか、不思議に思うこともある。近未来的な夢想の素《もと》となった宇宙への旅との距離がますます遠のいていているからなのだろうか。それとも、単に地面に足をつけなくてはならないほど、地球のことに集中する必要があり、代用品で我慢するしかないのかもしれない。設置の背景はともかく、これは散歩やジョギングの愛好者たちにとって、走行距離やUターン地点の恰好の目印となっている。彼らは惑星を横目に、太陽に近づき離れてゆくのだった。

ブロンズ製の太陽と八惑星は、一見すると旅行者に向けた案内図にも見える。そこには街の中を縫い進む惑星の小径の簡易地図の他、各惑星の規模や周期、衛星数、太陽からの距離など一般的な情報が記されていた。さらに、縮尺に基づいた惑星の模型もそこに飾られていた。始点の太陽は、表面が鈍い金色に光る大きな金属球で表され、そのバランスの不安定さをブロンズ板が支えている。その球体は、あたかも陽光に熱せられて膨らんだ風船のように、見つめていればそのままふんわりと空に舞い上がりそうだった。それに対し、惑星模型の存在感はささやかなものだった。各ブロンズ板の上方に覗き窓が開けられ、そこに縮尺に従った惑星オブジェが飾りつけられている。と言っても、水星から火星までは厚い硝子板に針孔ほどの金属片が埋め込まれている程度。表面に細かな傷のついた硝子を覗けば、小さすぎる惑星は歪んだ景色に紛れ込んでしまう。火星より外側を廻る惑星になって初めて、オブジェとしての視覚的な表象を獲得していた。太陽から火星までの間隔は狭い。私と野宮はゲーテ通りの半ばまで、太陽から火星まで犬と一緒に進んでゆく。ブロンズ板と出会う度に野宮が立ち止まるので、歩みのリズムも、それに合わせた会話も滞りがちになる。駅舎を離れてから私たちはあまり言葉を交わしていない。九年間という時間的距離が原因だと分かっていたが、惑星の小径に会話を妨げられているような気もしてきた。しかし、私はどこかでこの事態を歓迎していた。このブロンズの道標は、沈黙に近い会話の隙間を埋めてくれるのだった。

街の中を流れる川を渡れば、通りはプリンツェン通りと名前を変える。ゲーテから王子へと変貌するが、通りの雰囲気にさほど変化は見られない。そこからしばらくはブロンズ板を目にすることはなく、いよいよ言葉の空白にうろたえて、まとまりのない街案内をする羽目になった。古書店やピザ焼きの店、楽器店や文具店を左手に、右手に図書館の沈黙する佇まいを指差しながら進む。やがて旧市街を南北に走る中央通りに面した花屋と旧書店のそばで、ようやくブロンズの木星と遭遇することになる。

私が野宮を迎える際に連れ出したのは、アガータの犬だった。彼女は私の同居者であり、一年前から住居を共同で借りている。彼女はハンブルクの大学で経済学を勉強し、しばらくは事務所勤めをした後、情報学を学ぶためにゲッティンゲンにやって来た。

彼女の犬はビーグル犬ほどの大きさで、黒と白の長めの毛が混じり合うことなく模様をなしていた。顔や背中の大半は黒かったが、腹や足、胸や首筋と尾の一部は白い。鼻面が長く、他の動物が投影されたかのような、どこか曖昧な顔立ちをしている。

この犬のことを話す際、飼い主のアガータ以外は、名前ではなく「トリュフ犬」と呼ぶことが多い。すでにヘクトーという彼自身の名前よりも、その呼び名は私たちの耳と舌に馴染んでいた。「トリュフ犬」は、文字通りトリュフを見つける鼻を持つ犬のことである。特別な茸《きのこ》の匂いを覚え、土の下に籠る香りを嗅ぎ当てる訓練の結果、トリュフ発掘の技術を身に付けている。アガータの犬は、元の飼い主である彼女の母親の手で、茸のための鼻を手に入れた。彼女はゲッティンゲンよりもはるか南の小さな町で犬と暮らし、趣味の森歩きを伸びやかに愉しんでいた。しかし、一年半前、彼女は乳癌で亡くなったとのことだった。

トリュフ犬を巡る逸話の多くもまた、アガータの母から引き継がれてきたものである。母親の住んでいた小さな町も、森と半ば続いており、そこに香りの詰まった茸がひっそりと隠れていたそうだ。三年前の晩夏、日課としていた森での散歩中、黒トリュフをヘクトーは嗅ぎ当てた。彼は長い鼻をうごめかせて、急に茂みの中に飛び込み、地面に鼻を押しつけながら土を引っ掻き始める。彼女の母親が犬の様子をうかがっていると、地面から黒く丸い塊が掘り出された。豊饒な香りの黒は小さいが、みっしりと重い。それをジャケットのポケットに何食わぬ顔で入れて持ち帰ったそうだ。本来、天然のトリュフは、ドイツでは環境保護の点から収穫が禁じられている。ひとつなら目こぼし。そう彼女の母親は笑っていたそうだ。しかし、その発掘を偶然のままで収めることもしなかった。

　茸の香りの残ったポケットに犬が鼻をこすりつけるのを目にした母親は、彼の鼻にトリュフを何度も近づけ、香りの記憶を織り込んでいった。森は様々な香りを奏でる。緑に含まれる水の匂い。腐った落ち葉や葉裏の黴《かび》。陽の温かさに解ける土。糸杉の青みを帯びた冷たい緑の匂い。秋の色を深く重ねた落葉樹の乾いた香り。そこに、新たにトリュフの香りという色合いも組み込まれた。犬の嗅覚的な視野の中で、森は澄明に映る。しかし、印象派の絵の中に織り込まれた色を全て詳細に読み解けないように、それは森と犬だけの秘密のままに留まっている。それ以降、トリュフ犬となったヘクトーであるが、決して三つよりも多く黒い茸を見つけることはなかった。森に対して礼儀正しい犬よね。アガータの母親は、黒く柔らかく煙る犬の毛に、手をうずめてよく微笑んでいたそうだ。

母親の死後、ゲッティンゲンに住むアガータにトリュフ犬は引き取られ、彼は環境に順応していった。この街も森に包まれている。旧市街を囲む市壁跡は散歩コースにふさわしく、アガータはトリュフ犬を連れてくるりと円環状の森を巡る。足元を跳ねまわる犬を連れた飼い主の姿を目にする度に、衛星を引き連れた惑星の公転を思い浮かべた。彼らは週末になるとよく遠出をし、海王星のブロンズ板のある緑地の向こうに広がる森に足を踏み入れるようになった。アガータは茸に対してさほど期待している様子はなかったが、見つけたら秘密を分け合いましょう、とよく冗談めかしてもいた。ある時、彼女の母親が亡くなる年に見つけたトリュフの写真を見せてもらったことがある。小さな黒く硬い外皮に包まれたそれは、天から落ちて燃え尽きた星によく似ていた。

トリュフ犬の話はよく繰り返されたが故に、話それ自体に黒い球形茸の味や香りの印象がすでに織り込まれてしまった。この逸話を通して、私の鼻や口は勝手に、見知らぬ隕石状のものの印象を漂わせようとする。トリュフという名前の独り歩き。それは、味覚や嗅覚に憑りついた幽霊のようなものだ。

街並みから犬のことへ。軌道に乗れないまま、私は連想ゲームのようにトリュフにまつわる小さな物語を口にしていた。野宮の耳が静かに傾けられているのをよいことに、私の口からアガータの語りを真似た言葉があふれる。加速した舌が紡ぐのは、語りの名を借りた騙《かた》りの模様に過ぎない。私の悪い癖だった。核心的な話題を避けるために、会話の繋ぎとして動物の話題に逃げてしまう。トリュフ犬を連れてきたのは、会話が綻びた際の応急処置のためだった。やがて言葉が尽きると、野宮も私も沈黙し、それぞれトリュフ犬の振る舞いに気を取られているふりをした。犬は歩行を邪魔しない程度のリズムで歩くが、言葉の引っ掛かりを落としてくれることはない。私は九年間という時間を視野に入れたまま、いまだにその周囲をひたすらに回るだけだ。野宮もまたそうなのか。沈黙に耳をそばだてても、彼の静けさの深さを推し量ることはできなかった。

木星のブロンズ板まで来ると角を左に曲がり、街の中を北の方へと通り抜けてゆく。旧市街を東西に分けるこのヴェーンダー通りは、郵便配達車やごみ収集車、警察車両を除けば、車が入り込むことはなく、歩行者の足だけが石畳を踏みつける。

木星を後にして、私たちは惑星の小径から外れることになった。木星まで来て初めて、覗き窓に存在感を刻む縮尺模型を目にすると、野宮は指先で軽くその輪郭をなぞった。作品を描写する時、彼は無意識にいつもこうしていた、と微かに記憶が軋む。言葉で絵や彫刻の内容を表し、指を机の表面や宙で動かして輪郭線や配置を描写するのだった。指にもまた、記憶を刻みつけようとするかのように。「バス停の方へ行くので、残念ながら木星止まりです」「土星はここから遠いんですか?」「このずっと先に。旧市街の境目のところだから、別の機会に見てみるといいですよ」野宮はあっさりと木星から指を離し、耳慣れない言葉の響きを持つ街の喧騒の中に、躊躇《ためら》うことなく進んでゆく。

ヴェーンダー通りの人波は戻りつつあったが、互いに距離を意識した歩き方となって、ひとり歩きをする人が増えていた。大通りなのに、人混みはそれほどないんですね。野宮は通りに目を走らせ、静かに声をこぼす。澤田と連絡を取った時、街の状況を説明したものの、それがどこまで野宮に伝わっているのかは分からない。三月以来、コロナという聞きなれない言葉が落とす影は、目を離すととんでもないものに変容し続けてきた。「先月集団感染があって、それでまた状況が逆戻りしたんです。またすぐに、出歩く人も増えますよ」と言うと、頷きが返ってきた。閉鎖状況が緩んだと思いきや、突然の数字の跳ね上がりに、街の空気はてきめんに影響を受けていた。緊張は再び緩みつつあるが、鼻先で閉められた扉を前に呆けるような感覚が取り除けずにいる。緩和から緊張への急展開は、どこか現実感に大きなひびを入れ、いまだに時差ぼけのような感覚がこの場所を不透明にしていた。現実の脆《もろ》さなど散々知っているはずだが、それでもその基盤は安定していると無条件に信じ込んでいたのだろう。澤田からある程度説明を受けているのか、野宮は質問を口にすることなく陽射しから影へと足を進め街を眺める。数か月も続く非現実的な現実をそれ以上説明せず、私も簡単にこの状況下のルールを伝えるのみに留めた。彼には言葉ではなく、むしろ感覚的に現実との距離を縮めることが必要なのかもしれない。九年間の時差をどのように馴染ませてゆくのか。野宮の目にこの場所はどう映るのだろう。この彼岸のように歪んだ静かな生活は。

途中で、トリュフ犬が喉の渇きを訴えて脚を鼻でつついてきた。背負っていた鞄から、温《ぬる》くなった水のペットボトルと小さなお椀を出して、急かす彼のために水を注ぐ。思いのほか大きく響いた水音に、私は身をすくめて野宮の様子をうかがった。彼は通りに並ぶ建物を見上げて気を取られていた。そのファサードにはたくさんの顔が張りついて、野宮の方を見下ろし視線を合わせているのだった。奇妙な笑みを浮かべた男の顔や、憤慨した悪魔の顔は一種の仮面的な効果を帯び、街に貼りついて視線を投げている。顔を帯びた建物や顔憑きの家というものも、いまだに感覚の及ばないもののひとつだ。それは見慣れてゆくうちに家族の顔と同じくらい自分の時間の一部になるのか、それとも家憑きの幽霊のように、不都合な間借り人扱いをされる、境界の向こう側のものなのだろうか。

旧市街の終わり近くには、スーパーや衣料品店、薬局などを寄せ集めた大型の商業施設がある。そこには「土星」という名の電化製品店も入っており、形は異なるが土星にまで結果的にはたどり着いたことになった。野宮に買い物のことを訊くと、彼はすでに北の家の周囲の食料品店や薬局などを全て調べて記憶に縫い留めていた。通りを挟んでその向かい側にバス停がいくつも並び、以前と比べると人の動きが増えて、それに合わせてバスの頻度も増していた。野宮の躊躇いのない足取りを見る限り、バス停の場所も全て把握していたのだろう。私はトリュフ犬と一緒に、ただ居心地悪く立っていた。小学校のクラス劇において水増しされた、数字かアルファベットで識別される役のように。案内人としても役に立たず、私はただ野宮を出迎え、惑星の小径を木星まで歩んだに過ぎなかった。

野宮の家の方に向かう北行きのバスはすぐに現れた。うまく繋がらない言葉を押しのけて、決まりきった挨拶の流れに無事乗ることができて安堵した。バスの窓越しに、流れてゆく野宮の姿と眼差しを見送る。バスが去った後、私は息苦しさを覚え、深く呼吸を繰り返した。野宮と会ってから、鼻を使わずに常に口で呼吸をしており、非常に不自然なリズムを身体に押しつけていたのだ。私は野宮から嗅覚の情報を遮断しようとしていた。彼から潮の匂い、さらには死の絡みつく匂いがあるのではないかとずっと恐れていた。

野宮と別れた後、私は踵《きびす》を返して元来た方向へ戻り、木星のブロンズ板を遠く視界に入れつつ、惑星の小径がヴェーンダー通りと交わるところまでやって来た。トリュフ犬も大人しく、影の中をついてくる。

旧市街を東西に延びる惑星の小径と、南北に横たわるヴェーンダー通りの交わる中心、街の臍《へそ》に当たる場所に〈舞踏〉と名づけられたブロンズ像が置かれている。男女と子供の三人が円舞をするように配置されているが、優雅さも華やかな音楽性も見られない。そこにあるのは、どう見ても闘争。もしくは、単なる夫婦喧嘩か家族騒動。男女は互いの顔に向けて手を伸ばし、同時に伸びた手から逃れようと身体を後ろに引き、逆方向へ向かおうとする相反する力に、むき出しの腕や胸部はブロンズの筋肉が鮮やかに浮かび上がっていた。二人の手は、互いの顔から外した仮面を振りかざしている。女の腰にしがみつく子供は手を伸ばし、男の服の裾を引っ張る。この錆色の静かな争いが運動性を生み出し、舞踏となっているのだろう。惑星の小径に乗って土星の方向を目指す前に、木星近くで踊る像をあらためて眺めた。

彼らの踊りは強い陽射しの下、重たく回転を生み出すことなく互いの顔を狙う。仮面を外した素顔を互いに見せ合うのに、これほどの緊張と闘いが必要なものなのか。腹の内や言葉の調子、空気までを探り合う動き。最も簡単なのは、顔を読み取ろうとすることなのだろう。仮面の下に潜むのは素顔であり本心だと考えるのは、変わらぬ信仰のようなものかもしれない。だが、時間を重ねれば重ねるほど、幾つもの面が顔を覆ってゆく以上、それを取るのは難しくなる。

そして、それは人間の顔だけではない。記憶や場所もまた、一種の面を被り被らされるものだった。特に記憶の中では、人や場所に対して、ノスタルジーという面を与えられることが多い。隔てられた時間や空間が作り上げる甘やかな、時には痛みをもたらす顔。

しかし、時には仮面ではなく顔そのものが剝《は》ぎ取られることがある。場所が抱く時間の顔や記憶は、無残に引き裂かれて破壊の跡が刻み付けられ、それが顔として定着することもある。私の記憶の中にもまた、その破壊された顔はいつまでも残り続けている。

野宮は、三月のあの日に消えたひとりだった。

私の生まれ育った仙台の三月は、冬と春の境界が常に揺れ続ける場所である。陽射しが和らいできても空気はしん、と冷たさを底に残したり、空気の温みがあっても空の灰色に冬の重たい気配が漂っていたりする。目で捉える色彩と肌で感じる気配は、なかなか寄り添うことがない。視覚と触覚のずれを調節しているうちに、春は滲むように広がって色彩も解けてゆくが、時には大雪によって再び白に埋め尽くされることもある。

二〇一一年の三月十一日も、灰色の冬に巻き戻された日だった。その日の午後半ば、深くから突きあげる地鳴りと激しい揺れの後、東北を中心とした場所は全てから断絶した。そして、それから海から水の壁が押し寄せ、沿岸部はのみ込まれていった。水壁は全てを覆いつくし、過去の経験や記録を超える勢いでなだれ込み、人や家をもぎ取るようにしてのみ込み、そして海の方へ引き浚っていった。

その日、私が居たのは仙台市の山沿いに近い実家だったために、体験したのは長く続く揺れと地面が唸《うな》る時の重低音だった。揺れの結果として、家の壁にひびが入り浴室のタイルはほとんど剝がれ落ち、本は棚から飛び出し、家具が倒れ、食器がほぼ全て砕けた。家の中の狂乱の状態に怯え、風邪気味で寝込んでいた妹と飼い犬と共に私は外に逃げ出した。電気やガスはその日のうちに、水道は翌日止まり、そして情報からも置き去りにされることになった。

私は海のそばに住んだことがないために、津波のことは全く意識に上っていなかった。ただ、揺れと崩壊への不安だけが頭の中を白くしていた。海との距離感に加え、予告されていた宮城県沖地震の再来だとばかり思っていたので、津波の危険性が思い浮かばなかったのだろう。両親の口から語られたかつての地震の記憶に、海のことは含まれていなかった。あの時気にかけていたのは、むしろ内陸部の被害だった。揺れの後に起こることなど何も思い浮かべることなく、焦りと混乱のなかで両親に繋がらない携帯電話に視線を向けるばかりだった。余震に情報も途切れがちになり、すでに時間と空間の断絶は始まっていた。

地震当日の夜、何とか本を除けて服を着たまま寝台に潜り込み、空しく携帯の画面を睨みつけていた。携帯が「荒浜に三百人の遺体が打ち上げられた」ことを伝えて、ふつりとそのまま沈黙してしまった。ぎりぎりまで持ちこたえていた情報の小さな窓口は、私を暗闇と混乱の中に残してそのまま口をつぐむ。その時初めて、海に近い場所に住む友人たちの顔が浮かび上がり、闇の中に別の不安と恐怖が滲んで残像となった。それは私の意識を逆なでし、目を閉じても開けても広がる深い夜闇に、幾つもの崩れた顔のように浮かび上がった。両親の部屋から微かに聞こえるラジオの声の合間に、妹の咳の静かな響きが夜を鳴らす。幾人かの友人たちとは連絡も取れず、ただ遠い地鳴りのような夜の底の声を聴きながら、身体は油断なく身構えている。階下では、飼い犬が余震の度に怯えて小さく鳴いていた。

その夜は浅い眠りを彷徨《さまよ》った。揺れの度に目を覚まし、完全な闇の中で時計と灯りの役割を担うだけの携帯電話のボタンを押す。寝間着という夜の皮膚をまとわずに潜った寝台で、ジーンズの固い布地やセーターのかさばる重たさは、毛布といがみ合い、その度に眠りは遠のく。枕に耳を押しつけてみたものの、唸り声は小さく耳に届き、そして耳鳴りのように留まり続ける。完全な暗闇の中で眠れずにカーテンを開けても、街灯は全て黙すばかりで、外からの光も望めなかった。しかし、その日の夜半過ぎの空には、残酷なまでに美しい星が燦然《さんぜん》と佇んでいた。暗い地上と向き合う静謐な世界。思わず見上げた空にぶつかった視線は、その光に打たれて消えるだけだ。そして、私はやはりその下で何が起きているのかを、全く想像できずにいたのだ。

あの日から時間が経ってから、私は断片的な情報だけを得ることができた。

野宮はその日、石巻市の彼の実家にいた。二階の彼の部屋の窓枠には漁港が小さく当てはめられ、緩やかに呼吸する海は日常の視界に溶け込んでいた。彼は海のそばで暮らし、その静けさも荒涼とした姿も、目の奥に重ねて生活していた。その積み重ねた時間の中では、耳は遠い海の声を貝のように留め、鼻や皮膚など身体的な記憶にも海の断片が結び付けられていったのだろう。

三月のあの日のこと、友人の誰もが、野宮の動きを把握していない。九日に澤田が連絡をとったところ、地元に帰省した友人と会うと野宮は話していたそうだ。その日の昼近くに起きた地震についても、澤田と軽く言葉を交わしたにすぎなかった。しかし、彼があの日どのようにして水にのまれることになったのか、その足取りを追うことはできず、彼自身の時間を再構成することは叶わないままだ。

野宮の実家もまた津波に根こそぎ破壊され、そして彼の家族はばらばらに全員が水の壁にのみ込まれてしまっていた。彼の家族に繋がる親族はなかった。そして、地元の知り合いも多くが津波に奪われていた。野宮の時間の大半に在り続けた海は、記憶の痕跡すら残すことはなかった。四月の初めに彼の妹が見つかり、七月の終わりに彼の父親が海から還ってきた。その三年後になって、ようやく彼の母親が戻ってきた。しかし、九年経った今でも、野宮と彼の弟は海から還ることのないままだった。

旧市街のほぼ中心にある木星から、土星はさらに離れた位置に佇む。プリンツェン通りはテアター通りへと続き、そのまま小径を進めば、土星のブロンズ板に行き当たる。その付近には、街を囲む市壁跡の切れ目やドイチェス・テアターと呼ばれる劇場がある。土星のそばの劇場は緑に包まれ、今年の春からほとんど静まり返ったまま、石の無表情に閉じこもるばかりだ。劇場付きのレストランも、壁一面の硝子に森の貌《かお》を映したまま表情を消している。

土星へ至る惑星の小径を途中で折れて、私とトリュフ犬は家への近道を選んだ。市壁跡の散歩道に沿って徒歩で二十分ほどの所に、卵色の四階建ての建物がある。そこの二階に収まるフラットのひとつで、私たちは生活を共有していた。街を囲む円環状の森は境界線を越えて敷地内に入り込み、窓越しに家を覗き込む。春から夏にかけて、無造作に絡み合う植物は花を咲かせることもあるが、大抵は藪のようになっていた。

　家の扉を開けるとすぐに、トリュフ犬はアガータの気配を読み取って、居間の方まで駆けて行った。一週間ぶりの再会に身体を喜びにくねらせ、自転運動を繰り返す。ケルンに住む姉を訪ねていたアガータは、不在中のトリュフ犬の世話を私に頼んでいた。餌と水の用意、散歩をする以外、特に問題はなかった。飼い主の留守中、トリュフ犬は家のあらゆる涼しい場所を渡り歩いては、眠りの中に潜り込んでしまう。暑いから怠惰なのか、それとも淋しさ故なのか分からなかったが、黒い敷物となった犬は移動と睡眠を繰り返すばかりだった。穏やかな呼吸に波打つ犬の腹に手を載せても目を覚ますことはなく、ただ伝わるのは水を思わせる滑らかな感触ばかり。明らかに犬の方が私を構いつけなかったのだ。

アガータは居間で、トリュフ犬をまとわりつかせたままソファに腰を下ろしていた。目が合うと久しぶり、と笑みを湛えるものの、どこか表情が追いついていない風だった。旅から戻って来た後、しばらく顔を置き忘れている人がいる。不在の時間に馴染んでいないのか、置き去りの荷物が遅れて回収されるのと同じく、しばらくするとあぶり出しのように顔が戻ってくる。アガータの表情には時差が留まっている。それは単なる旅の疲労のせいではなく、何かに強く心が向けられたまま、覗き窓を通して現実を見ているからではないだろうか。二つの時間を同時に見ている人たちの顔であり、それはあの三月の日以来、多かれ少なかれ誰もが浮かべてきた表情に似ていた。

「久しぶりの旅行はどうだった?」

「そうだね、とにかく疲れたかな。移動ってこれほどまでにエネルギーを使うものだと思わなかった。初めは、目に映るもの全てが色鮮やかだったけれど、だんだんと印象の処理が追いつかない感じで、頭の中で消化不良を起こしているみたい」

「ケルンの様子は？　街の雰囲気に変わりはあった？」

「特別なことはなかった。場所が変われば違うものが見られると思っていたけれど、ここと同じ。人で賑わっているし。自分の住んでいる場所以外、何か決定的な違いがあるとどこかで期待していたのかしらね。保たれていた距離も薄れてきている気がした」

　私とアガータの会話を背に、トリュフ犬はすでに用意されていた彼の食事にとりかかっていた。続けて姉とのことを語る彼女の声をなぞっているうちに、意識に引っかかるものがあった。アガータは亡くなった母親のことに話題が触れる度に、歯痛を堪えるような奇妙な躊躇いをみせるのだった。それに気をとられ耳が疎《おろそ》かになっていると、トリュフ犬とどこに行っていたのかを尋ねる彼女の声が飛び込んできた。「野宮の幽霊を迎えに行っていた」と答えようとして、言葉を口の中に留める。そして、この言い方は奇妙だと考える。「野宮の幽霊」は、「野宮」とは別のもののような響きがあった。野宮の部分性しか表していないように思われる。しかし、「死んだ野宮」と言うのは後味の悪い想いだけが募る。頭を手で押さえつけるような響きが修飾語にあり、それは彼を片付けるような言い方に思われた。昔の大学の知り合いを迎えに行った、と無難に答え、九年の時間差のことには触れなかった。食器をなめ回していたトリュフ犬が、その時顔を上げて奇妙に思慮深い眼差しを私の方に投げかけてきた。

その夜、時間が日付を越える四時間ほど前に、澤田からスカイプで連絡が入った。仙台にいた頃、私も澤田も大学で西洋美術史を専攻していた。彼はニコラ・プッサンを中心とした十七世紀フランス絵画を研究していたが、修士課程修了後、彼の地元である山形の美術館に学芸員の職を見つけた。

澤田と野宮は同期であり、非常に親しかった。九年前、澤田は四月の中旬に仙台に戻ってくると、ボランティアに登録して、沿岸部の方へ足を運んでいた。野宮と連絡が取れないこと、そして彼が住んでいた石巻の方の実家も壊滅的な被害を受けていることから、私たちの間に口から出さなくとも、冷たい確信が内で育まれていった。澤田は、野宮の実家のあった現地のボランティアや警察、消防関係者にできる限り当たろうとしていた。しかし、石巻の方は仙石線の線路もまた津波によって破壊され、訪れるのは簡単なことではなく、ばらばらに寸断された街に足を踏み入れるのに時間は恐ろしくかかった。

野宮との繋がりが完全に途絶えた後、澤田はそこで見たものについて、ほとんど語ることはなかった。実際に、彼は目に破壊の光景を残しているのだ。名前や物の持つ意味や、そこから喚起される記憶を踏みにじるように積み上げられた痕跡を、今も目の奥に留めたままなのだろう。澤田は野宮の実家のあった辺りを目にし、のみ込まれて見分けられない野宮の死をも直接的に感じ取り、感じ取らされた。ひとりの死者として対面する場所や余裕もなく、そして大半の場合、その死者の身体すらなく、その上で死が現実化してゆく。あの時間と場所を彷徨った澤田は、その記憶と言葉を切り取ったまま、内に抱え込んでいった。流れ過ぎる時間の中にその記憶や映像を埋め込めることはなく、それは彼の中で宙づりになっているのかもしれなかった。

野宮がゲッティンゲンに来るという知らせを、私に伝えてきたのは澤田だった。九年の空白を隔てて、野宮は彼に連絡を寄越してきたそうだ。死者の名を騙った詐欺とも思える状況において、野宮はいかに自己証明をしたのか、また彼らの会話や澤田の混乱がどのようなものだったのか、それを私が知ることはなかった。ただ澤田からの事務的な連絡を受けて、数度のやり取りをしたのみだ。

その夜の連絡は、野宮の到着に関する確認だと分かっていた。時差を考えれば、彼はまだ夜明け前の暗く重い青の中にいるはずだ。澤田と私は映像を互いに切って、声のみで会話を進めていた。野宮のことを話す時、私たちはどのような表情をしているのか、相手や自分の顔に浮かぶものを目にすることが、どことなく嫌な気がしてならなかった。しかし、声だけの会話は視覚的な情報がない分だけ、言葉の繋ぎ目や声の調子、躊躇いがよりいっそう浮き彫りになる。画面越しに表情を読む必要はないが、言葉の途切れた空白に耳は集中し、何かを捉えようとしていた。

——……野宮に変わりはありませんでしたか？

駅の出迎えからバス停の見送りまでの単調な場面が続く報告を聞き、しばらく沈黙の中でそれを咀嚼した後、澤田の声は曖昧な輪郭の言葉をこぼした。私よりも二週間も前に野宮からの連絡をもらった以上、澤田の方がすでに野宮の印象をおぼろげながらも抱いているはずだった。しかし彼は、九年間の断絶を越えてきた野宮にも時間が重ねられて年齢が載せられているのか、あるいは変化を経ておらず九年前のままなのか、それを視覚的に知りたかったのだろう。澤田も私も、野宮を死者としてではなく過去からの漂流者と思っている節があるのではないだろうか、という考えが滲むように広がる。

私は今日の午後のことを思い出す。駅で会った際の緑に切り取られた入り口を背景にした聖人像のような姿のことを。惑星の小径を足でなぞる間、隣を歩く人の顔に視線を向けつつも、焦点は背景の街並みの方に結ばれていた。そのために、失敗した写真のように、記憶の中の野宮の部分だけピントがずれてぼやけている。バスに乗った彼の姿も、他の乗客の頭に隠れ、定かな姿が目に映ることはなかった。そもそも私は、野宮と研究室の知り合いのような繋がりであったために、記憶の中に深く残る彼の似姿もほとんどなく、比べようがなかった。私は野宮の印象を語っていたはずなのに、気がつけば聖人像の描写記述のようになっている。暗いのっぺりとした画面の向こうから、一拍遅れて澤田の皮肉っぽい笑い声が小さく響いてきた。

――なんだか、作品カタログの解説を読み上げているみたいですね。

――……すみません。九年越しに相手をきちんと見ることは、まだできそうにないです。

——……分かっています。比喩や何かのイメージを重ねることでしか、俺たちは野宮のことを描写できないんですよね。それが、今いちばん痛みが少ないやり方だから。目の中に幾つもの絵を取り込む訓練をしてきたことが、逆に相手のイメージをそのまま捉える妨げになってしまう。……でも、分からないんですよ。本気で相手の印象を知りたいのかどうか。もし同じだったら、年を重ねて変化した自分との時間的な隔たりを感じるだろうし、変化していた場合、野宮のイメージが上書きされてしまうのが、少しばかり恐ろしいような気もします。相手には、自分たちのような九年間分の時間が思い描けないのですから。……俺の中に、九年前の瓦礫の土地の映像が強く残り続けていて、野宮は助かっていないだろう、と目で見たものが、そう言葉になって耳に鳴り響いたんですよ。記憶の中で、あいつの姿はあの時の場所の姿に上乗せされて、俺も野宮の顔が上手く思い出せないんです。だから、野宮が還ったのか、いや、まだ帰っていないのかと混乱しています。すみません。

澤田の声は溜息の形をとった後、静かに沈黙の中に潜り込んだ。一瞬、繋がりが悪く、彼の声が消えたのかと思ったが、ただ言葉が躊躇うように向こう側から様子をうかがっているだけだった。澤田はメールとスカイプのみで野宮との連絡をとり、言葉と声でしか対応していなかった。結局のところ、彼もまた野宮を見ていないのだ。彼の声の裏にもまた、九年間という時差に追いついていないことが表されているのだった。

——そういえば、晶紀子《あきこ》さんは来るでしょうか？　もし伝えたとしたら。

澤田は不意に話題を変えた。晶紀子もまた同じ研究室の出身で、今はベルギーのヘントで暮らしている。ゲッティンゲンに距離的に近いのは、彼女のいる場所くらいなものだろう。しかし、澤田も私もまだ彼女には何も伝えていなかった。

——ベルギーからこちらに来るのは難しいかもしれません。国境だって開いたばかりだし、おいそれとは移動できないと思います。非常に不安定な時期なんですから。

　こんな時に国境が意識され、見えない土地の縫い目が浮かび上がってくる。ヨーロッパという全貌をつかめない場所においては、距離も曖昧なままだが、ビザで守られている私たちにとって、その距離はどこまでも遠いものとなる。皮肉なことに、生きている友人と会うことの方が今は難しくなっている。

　再びの沈黙が続いた後、やはり野宮は八月中旬には帰らないのだろうか、と輪郭を失くしたような澤田の声が耳に入ってくる。私の沈黙に記憶の曖昧さを見たのか、お盆、と一言だけで澤田は戸惑うように声を放り出す。お盆はあと一か月半ほどで始まるが、野宮がここに留まるのか、それとも「帰国」するつもりなのか、私にも全く見当はつかなかった。

　――……野宮には帰る場所がないんですよね。迎えてくれる人も。

　ぽつりと澤田の言葉がこぼれる。黒い背景に浮かぶ丸窓のアイコンは、声と不釣り合いな明るい彼の肖像を覗かせている。野宮には海にのまれた家族以外、親類など血縁的なつながりはないと聞いていた。野宮がこうして現れたということは、彼の身体が見つかるというサインかもしれない、と澤田の声は期待を投げかけてくるが、それも曖昧に解けてゆく。私もまた、それに対して何も言えなかった。

澤田も私もすでに会話を続ける気は失われており、言葉よりも沈黙の方が長く占めるようになっていた。スカイプを切った時は、報告を終えた安堵による軽さと、今更ながらに沈みこむ言葉の重みに気づく。仮面を外し合おうとして、ただひたすらに回り続けたにすぎない会話だった。すでに時計は十時半を回っていた。野宮と会うことによって、解けてゆく記憶に揺さぶりが起こり、私は行き場のない感情を目の当たりにして戸惑う。カレンダーを見ると、翌々日が木曜日であった。木曜日の午後、ウルスラは彼女の時間を開放している。彼女の知り合いが訪れ、紅茶とトルテ、話をしやすい沈黙が分け与えられる。六月以降、訪問や面会の制限が緩んできた頃、彼女の家と時間は再び開かれるようになった。自らを「木曜人《もくようびと》」と呼び慣わす訪問者は、最近では複数で訪れるのではなく、時間ごと一人ずつウルスラに会いに行くようになった。〈明後日の木曜日、訪ねてもいいですか？〉メールを通して、私も彼女の時間を一切れ求めることにした。

私とアガータが知り合ったのも、ウルスラがきっかけであった。ゲッティンゲンというこの小さな街において、彼女は驚くほど広範囲な繋がりを築いていた。街の内外に展開される幅広の人間関係は、点と線で結び合わせてゆくと複雑な星座を浮かび上がらせる。

ウルスラは、かつてドイツ語と文学の教師として、何十年もギムナジウムで働いてきた。鮮やかにユーモアを生徒の前で閃《ひらめ》かせたり、穏やかな物腰で接したりなど、彼女は生徒との距離が特別近い教師だったわけではない。優秀だがそれなりに厳しく、試験は難しく、間違いという記憶についた染みを徹底的に漂白して正すような人だった。しかし、彼女は生徒たちに慕われ、その周囲に人は自然と集まってきた。退職して年金生活に入ると、ウルスラは書物に埋もれる生活を選び、街の小さな読書の集いのようなものに入り込んだ。そこでも、熱心に持論を語るよりは耳を傾けて口をつぐみ、話の糸が縺《もつ》れ合う頃に短く意見をそっとはさむやり方を変わらず貫いていた。結果として、彼女の読書の領域はさほど広がらないまま、新たな知り合いを増やしただけだった。友人的な位置に収まったかつての教え子たち、古くからの知り合いや近隣の住人などに、読書の集いの女性たちも加わることとなった。単なるお喋りのために、あるいは何かしらの相談のために、ウルスラのもとに訪問者は集まる。彼女の引力は言葉ではなく、その静けさにあるのかもしれない。言葉を抱えた人は誰もが、彼女の周りを巡るようになった。

ウルスラの星座的な人間関係は、さらに複雑な相《そう》を作り上げてゆく。彼女を通して、相談者や来訪者どうしもまた繋がってゆくことになった。よい眼科医を探していたり、別の街の大学の専用図書館にある資料を必要とする時に、あるいはスペイン語を個人的に学びたいと考えている訪問者に、彼女は星を指差すように知人を紹介するのだった。私が論文の添削者を探している時に、哲学を研究しているカタリナを紹介してくれ、引っ越しを考えていた時には、部屋を共同で借りる相手を探していたアガータと引き合わせてくれた。

私もまた、ウルスラの星座図に組み込まれたひとりだった。ある日、読書の集いで夏目漱石の『夢十夜』を扱うことを、大学図書館の掲示板で知った。手書きのポスターに記されていた住所を訪ねてゆくと、部屋にいたのは三人だけだった。そのうちの二人が鳥の囀《さえず》りの声をあげていたが、二人の言葉が向けられているのは互いにではなく、そのそばで黙って腰を下ろす三人目だった。痩せて小柄ながらもがっしりとした安定感があり、折り重なった葉の隙間から落ちる木漏れ日のように、時おり目が強く愉快そうにきらっと光る。全体的に、彼女は樹木の静かな落ち着きを見せていた。主催者である生真面目そうな学生が到着し本を広げてからも、鳥の囀りと樹の沈黙は変わらず続く。時折、葉擦《はず》れのような声が口から出てくると、鳥も歌を止める。その樹木を思わせる三人目がウルスラだった。議論がある程度続いた頃、彼女は「百年経って咲いた花を目にして、これが死者との再会と納得できる？」と私に言葉を向けてきた。その日は結局、第一夜止まりとなり、その後もはかばかしく進まず、顔ぶれも入れ替わり、『夢十夜』の読書会は第四夜ほどで立ち消えとなった。しかし、読書の集いの代わりに、私もまたウルスラの家に足を運ぶようになった。

ウルスラの家のある建物は、バスが騒々しく通り過ぎるユーデン通りに面していた。ヴェーンダー通りと平行に街の中を走る大通りで、木星のブロンズ板からさほど離れていない。この大通りには、飾り気のない通用門がひっそりとあった。そこを潜り抜けてゆくと、小さな庭園と森が混在したような中庭に出る。通りの音は遮られ、耳が空白にうずくほど静かな場所だった。その四方を囲む建物のひとつに、ウルスラの住居も含まれていた。

ウルスラを訪れると、必ず大皿に載せたチーズトルテがテーブルの上で待ち構えていた。狐色に焼けた堅い生地に、柔らかな卵色のチーズクリームが敷き詰められ、その表面はココアやシナモンの粉が、奇妙なマーブル模様を描いている。ウルスラは訪問者が来ると、このトルテでもてなす。彼女のもとに来るのは、大抵は絡まった糸や時間、記憶を持つ者ばかりだ。話の糸口が見つからないまま、言葉の消化不良を起こしている人たちが多かった。ウルスラの焼くトルテは、口と舌を動かすための潤滑油としての役割を果たす。たくさんの女性たちが現れては、焼き菓子を口にして、言葉の糸を彼女に巻き取ってもらっていた。彼女の沈黙を必要とする人は多く、新顔もまた増えてゆく。木星の衛星のように、その数は把握しきれないほどだった。

野宮と会った翌日は、奇妙なほど静かな時間に満たされていた。トリュフ犬はアガータの影となって張り付いているために、私は犬を中心とした時間配分をする必要はなかった。真っさらな時間を切り分けることなく差し出されたようなものだが、同時にそれを持て余してもいた。窓際に置いた机の前に座って、中断したままの論文を眺めては、頭を占める空白から文字を浚おうとする。視線は文字の連なりから離れ、窓の向こうに流れてゆき、そこに広がる森の断片にたどり着く。陽射しを浴びて緑は硝子の光沢を浮かべ、そこから光の溜まりが震えながら移動する。風の動き。太陽の位置のわずかな移り変わり。条件が変わる度に、森の貌も移ろう。半透明の緑に浮かび上がる葉脈が、視界の中でステンドグラスに重ねられると、森の変容が始まる。樹ははるか高くにそびえる天井を支える柱に変じ、森はゴシック様式の教会の幻を浮かび上がらせた。そして私の視線は、緑の空想に再び沈んでゆく。

野宮との邂逅がきっかけとなって、私は記憶の中を回遊し続けていた。昨夜も夢の中で、三月を追体験した。断片から断片へと渡り歩く度に、記憶の切れ端が身体の部分に引っかかり、目覚める度に自分の居る部屋の匂いや、寝返りを打つ寝台の感触に引き戻されて戸惑う。現在と記憶の時間差は、私の中で捻じ曲げられた硝子の歪みを見せていた。
私の指はパソコンの文字盤の上を動くことはなく、指の表面に触れる滑らかな文字の感触に心を奪われたままだった。指の腹にのみ現実感が留まり、それ以外は全て空気に溶けて透明になったように、どこかもの憂い。画面を見ると、メッセージがいつの間にか到着していた。〈木曜日の午後三時に。〉それは、ウルスラの喋り方を思わせる静かな返事だった。

私が二度目にゲッティンゲンに来たのは、二〇一七年の三月だった。一度目は震災の翌年、一年間の留学のときであった。帰国して修士課程を終えた後、塾で講師をしていたが、再び博士課程へ進む準備を始めた。幸いなことに、最初の留学の際に指導を引き受けてくれた研究者が大学に留まっていたために、正式な学生としての引き受けは、驚くほど滑らかに進んだ。語学学校に通い、ドイツ語能力試験に合格して美術史学科に入学するまで一年半かかった。それ以来この街に留まり、博士論文の執筆に取り組んでいる。

私がゲッティンゲンに仮の根を下ろすようになって気づいたのは、地面が揺れることがないという安定性だった。東北にある街で暮らし続けた身体は、地面の微かな震動を素早くとらえることができる。九年前の地震を境に、私たちは揺れへの感度は磨かれたが、同時に常に小刻みに震える地面や足元にも慣れるよりほかなかった。二重の相反する感覚が巨大な地震の後に磨かれていった。小さな揺れに敏感に反応しつつ、同時に身体と意識の中で大きな意味を与えないようにする方法。夜中に地震が来ても、私たちは震度二か三ほどならば眠りから身を起こし、それから気配を探って再び眠りと夢の中に戻ってしまう。

ドイツの街を歩く度に思い至るのが、地面への鮮やかなまでの信頼感だった。それは、親を絶対的な味方だと安心しきった眼差しを向ける子供の素直さによく似ていた。陶器やワインの店に入る度に、店内の壁面全体を覆う何段にも重なる棚と、そこに積み上げられた瓶を目にすることになる。そこにあるのは、安定を基盤とする美学であった。地面の揺れによる落下防止の対策に特に注意することなく、静物画の効果的な配置が踏襲されている。絵画的な均衡性に支えられた瓶は、その中で艶やかに笑っている。

あなたたちは地面を絶対的に信頼しているんだね、とある時私はアガータに向かって呟いた。地球への信頼感、と彼女は怪訝な顔を見せた。それは、ハンブルクから訪ねてきた友人を駅まで見送った帰りのことだった。トリュフ犬と一緒に駅からゲーテ通りへ戻り、惑星の小径に沿って私たちは歩いていた。ちょうど地球のブロンズ板のそばを通ったために、彼女は「Erde《エルデ》」の意味を惑星と捉えて視線をそちらに向ける。

この国にはほぼ地震と呼ばれるものがない。アガータが唯一経験したとされるのは、一九九二年に起きたオランダのルールモントを震源とする地震だった。マグニチュード5・4で、ドイツにも国境を越えて揺れは届いた。古い建物の壁が崩れたり、屋根から煉瓦が落下した場所もあり、ケルンやアーヘンの大聖堂なども被害を受けたと聞く。三十年近くも前の話であるが、それも彼女は眠りの中にあって素通りしてしまった。朝食の席で母親に午前三時過ぎに起きた地震のことを告げられて、五歳だった少女は体験できなかったことを非常に悔しがったらしい。そしてそれ以降、アガータは地震と遭遇したことなどないと言う。

揺れない地面は、ゲッティンゲンの街に古い大樹のように佇む伝統的な木枠造りの家をも静かに受け止めているのだった。時間のたわみが目に見える木造りの細工物のような家。すでに柱や壁の直線は失われ、曲線が点を繋ぎ、内側から膨張するパンの形となった家は、今も生活の匂いと気配に満ちていた。歪んで開けることが難しいような窓は、曇った硝子越しに、中の人の動きをゆっくりと透かしてみせる。どれほど歪もうとも、地面に対して垂直関係は守られており、その透明な確信性の中で家も人も生きているのが明らかだった。

その信頼感を、私はいまだ持つことができずにいる。身体に刻まれた地震の揺れの感覚を抱えて、耳を澄ますように地面の気配を探ろうとすることがあった。揺れの律動は、すでに身体のみならず、神経の線にも貼りついているのだろう。その感覚は、安定した土地に立つ人には根づくことはない。このこともまた、ひとつの確信であった。

地面への眼差しの違和感は、それ以外でも何かの弾みでふと姿を現す。ウルスラの家を訪れるようになると、私もまた彼女の木曜の客人の顔に馴染んでいった。その中に、アグネスと呼ばれる十二歳ほどの少女がいた。中庭を挟んだ向かい側のアパートに、母親のバルバラと二人で暮らしている。初めはバルバラにくっついて現れた少女は、やがて母親の手をすり抜けるようにして足を運ぶようになり、気がつけば木曜の客人のひとりに昇格していた。ウルスラは子供に対しても、声色も態度も変えることはない。しかし、聞き手としての信頼性を、子供ながらの鋭さで少女の方は見抜いていた。その親しさの背後には溶けたような甘えも透けて見えるものの、アグネスは他人との距離を測り違えることはない。木曜日の決まった時間以外には姿を現すことはなかった。

アグネスの距離のとり方には、その神経質な性質が大きく関わってくる。警戒心の後に隠れ、観察に徹した無言を貫いた後、距離に応じた言葉を向けてくる。彼女は木曜の女性たちと自分の距離感を理解していたが、時にはそれを意識的に無視したり、うまく利用したりもしていた。私に対しても、ある日を境に態度が和らいだが、その裏には好奇心が多分に混ざっていた。私はその真っ正直さを認めていたものの、同時に彼女を無条件に信じることはなかった。その類の率直さは針の形をとり、それを無自覚に突きつけてくることもあるからだ。彼女の場合、その針はある小話に潜んでいた。アグネスは私が日本から来たと知ると、くすくすと猫じみた笑いで唇を震わせながら得意の話を披露した。

昨年の夏、アグネスは学校の友人と一緒にアイスクリームを買いに、旧市役所のある広場に面した大きな喫茶式の店に向かった。アイス喫茶は夏時間になると混み合い、その前には蛇の形に人が群れる。アグネスたちの直前には、ドイツ人男性と日本人女性の若い恋人たちが並んでいた。二人は列の中から首をそっとのばして、硝子ケース内のパレットのような彩りを眺めていた。その流れにおいて、男性が女性に問いかけた。「好きなアイスクリームの味は?」「地震が一番好き」一瞬の沈黙の後に、男性の口から笑いが飛び出した。「苺、苺だよね」と訂正が入れられる。日本人は不思議なものを食べるんだね。からかい混じりの言葉に、女性の方も笑みをこぼし、それに見合った柔らかな手つきで彼の肩を叩いていた。「Erdbeeren《エルトベーレン》（苺）」と「Erdbeben《エルトベーベン》（地震）」は「Erd(e)（地面）」の後の綴りが似ているために、発音は記憶や口の中で混ざってしまうことがある。「地震味のアイスクリーム」の逸話は、百パーセントの確率で笑いを引き起こすので、アグネスのお気に入りだった。その言葉の取り違えは、彼女にとっては後味も悪くはない。だからこそ、しばらくの間その話は、とっておきの手品のように繰り返し持ち出された。その場に私がいれば、「やっぱりその味が好きなの?」と変わらぬ質問を向けてくる。笑みをお菓子の欠片のようにまぶした顔に向かって、私はいつも肩をすくめるしかなかった。この少女には、私の返答がどんなものであろうと特に意味はない。話は綺麗にまとまっており、この問いかけも一種の様式美のようなものでしかなかった。私が地震に壊された街から来たこと、日本人の多くが地震を身体に感覚的に刻みつけていること。こればかりは、彼女も距離感をつかみきれない遠い事象なのだ。地震が言葉の領域から出てこない場所の人たちにとって、私が離れた土地の感覚を持ち続けていることは、単に奇妙の一言で片づけられることなのかもしれない。

しかし、言葉と感覚の距離感は、私の中でも渦巻いている。「戦争」「空襲」「噴火」などの言葉に対して、私は感覚を伴うイメージがあるわけではない。「津波」にしても私は感情的にこの言葉と結びついている気がするだけで、実際のところ画面越しにしか見ていない。私がその言葉に感情を添える時、その言葉を身に刻んで暮らし、そしてあの水の壁を目の当たりにした人にとっては、感傷で距離を測り間違えていると映るのではないだろうか。さらに、地震のない土地に身体や感覚が馴染むにつれて、私もまたその言葉の厚みを失いつつあるような気がしてならない。インターネットで日本の地震や台風、豪雨の記事を読む度に、その疑いが拭われずに跡を残す。そして、その感情の裏には、あの日の記憶や今も跡を残す場所、そして野宮への裏切りとみなす言葉の感覚があるのかもしれなかった。

木曜日の午後、ウルスラの住むアパートの階段を上がってゆくと、踊り場の壁にもたれかかってスマートフォンの画面に視線をひたと当てているアグネスに出会った。私の足音に気づいて顔を上げたが、無関心な眼差しでひと撫ですると、こんにちはと抑揚を込めずに言葉をかけてきた。挨拶を返すよりも先に、彼女の視線は小さな画面に引き寄せられていった。長い薄色の髪は光を閉じ込めた小さな雲のように、空気を含んで膨らんでおり、その間からイヤホンを差し込んだ貝殻めいた形の耳が覗いていた。音楽に耳を浸しているのか、身体は小刻みに揺れている。その振動に巻き込まれないうちにと、踊り場から反転して踏み段に足をかけたところだった。ねえ、とアグネスは無機質な声を投げてくる。「母さんはもう少しで終わるから、もうちょっと待っていた方がいいんじゃない？　大事な話らしいから」私が向き直り、そのまま数歩近づくと、そこで止まってよ、と細い眉を潔癖そうにひそめた。一定間隔を保ったまま階段の三段目ほどに腰を下ろすと、少女は安心したように初めて笑みを浮かべる。

コロナの流行が始まってから、アグネスの神経質さに拍車がかかった。友人と遊びに行くのを億劫がり、他人との間に置いていた距離をもう少し広げるようになった。ロックダウンから数か月経ち、人や物の行き来の制限が緩んでくると、そのまま気持ちにも反映される。その結果、六月にクラスターが起こった。子供はマスクの義務が大人ほど強制的ではないために、外では互いの距離感を気にせず、よく動く口元をさらしている。しかし、アグネスは自分の周囲の透明さに不審の眼差しを投げている。透明さへの不審は、確実な安全性のある距離感に対してのみならず、他人から向けられる視線にも及んでいた。彼女はひどい喘息持ちで、そのために何度か嫌な目にあっていた。発作を起こした時、冷たく尖った眼差しを向けられたことがあったらしい。他人が投げる攻撃的な視線を、アグネスはそのまま周囲に返すようになる。その結果、彼女にとっての透明さは、スマートフォンやパソコンの画面越しの距離に見出せるものとなった。その中では、彼女は友人と安心してお喋りができる。画面の上で細やかに動く指を眺めながら、私は口を開いた。

「今日はウルスラと話さなくていいの？」

「用事があるのは母さんの方だから。私はトルテを食べに来ただけ」

ウルスラに対しては、以前と変わらない距離感を滲ませる言葉に少し驚く。大人の耐性を要される時期において、彼女の時間にいまだ色濃く残る幼さは、ウルスラの耳と静けさを物理的に必要としているのかもしれない。その信頼性はウルスラの家にも向けられ、おそらくは彼女なりの安全圏に組み込まれることになったのだろう。

扉の開く音と共に、アグネスの名を呼ぶバルバラが姿を現した。図書館で働く彼女は、ウルスラに本を届けに来ることが多い。本の香りがかすめるほどの距離で、私たちは軽く肘をぶつける程度の挨拶を交わす。アグネスの視線のもとでは、今までのような抱擁の挨拶はできない。忘れもの、と言ってバルバラは娘にマスクを軽く放った。アグネスが首をすくめて、スマートフォンをポケットに仕舞い込む。娘は薄い桜色に仔羊の模様が四隅に入ったマスクをつけ、赤い色に稲妻を思わせる幾何学模様がちりばめられたマスクでバルバラも顔の半分を覆う。額と目元、鼻筋だけが覗いた顔が並んだ時、初めて母子が非常によく似ていることに気づいた。

ウルスラの家の棚という棚には本が隙間なく詰められ、あらゆるものが少しずつ本の香りを漂わせている。そして、棚に収まりきらない一部は、猫のように居場所を見つけて、部屋の思いがけない場所に隠れ潜んでいた。クッションの下や紅茶の缶の並ぶ裏側、あるいは写真立ての下に。部屋は片付いていても、本だけが自由気ままに移動を繰り返していた。

七月の痛みを伴うほどの暑さは、この家の中では遮断されていた。北向きの部屋は影を落とし、中庭の樹木は涼風を送る役割をしている。四か月ぶりに直接会うウルスラは、特別な言葉を重ねるでもなく、クッションの下に本がないのを確認してから椅子をすすめてくれた。焦げた栗の表皮の色に染められた髪に、小柄ながらリズムを刻むようにきびきびと動く身体つき。薄い茶色に透く目の周りには、皺《しわ》が幾つも円を描いているが、砂浜に波が痕跡を残しては消すように非常に表情豊かに動く。

テーブルの上には、これも変わらずチーズトルテが置かれている。ココアの粉が振りかけられた表面は、見つめているうちに何かのイメージがおぼろげに浮かび上がってくるようだった。茶色の粒子が織りなすマーブル模様は、木星の表面に奇妙なほど似通っていた。それは今大きく切り取られ、完全な円形ではないものの、木星の大気の渦や流れをそこに重ねて見ることができる。大赤斑の模様は一部しか残っていないが、その欠けた部分をアグネスが平らげたとのことだった。三切れくらい食べたはずだよ、あの子、とウルスラは笑いながら、新しい小皿に大きく切り取った一切れを載せてよこした。ナイフがもう一度入ったことにより、トルテの上に広がる大赤斑は跡形もなく姿を消した。

そういえば、とウルスラの声が少し離れて遅れて耳を打つ。気づけば、彼女はテーブルの反対側に回って、冴えた青が渦巻くカップを取り上げていた。ウルスラの座った席は窓から遠く、そのために青白い陰にのまれていた。遠い外光は、彼女の顔も水に映る像のように曖昧なものにする。ぼんやりとした顔の口元を注視していると、それは何かの単語の形に動いた。買い出し、と名詞が飛び込んできて、そのまま三月という過ぎた時間をひと撫でする。彼女の顔の印象が落ち着き、ようやく言葉に意識が追いついた。それは、日用品の不足が続いた三月半ばのことだった。スーパーの棚は部分的に虫食いの有様となり、買い占めによるバランスの崩れで不満が高まっていた頃の話だ。ちょうどミラノの旅行から戻ったばかりのウルスラは、二週間の自宅待機をしなくてはならず、「木曜人」たちが交代で彼女の代わりに買い物をしていた。私も代わりにスーパーへ行ったが、人数制限のために、店の前にはいつも綺麗に間隔を置いた人の列ができていた。その中にあって、私の身体に沁みついていた別の記憶が騒めきだした。列の長さ。密集と距離。伸びやかな暖かさと痛みを伴う寒さ。

紅茶を準備するウルスラと、その沈黙に向かって私の言葉は身じろぎを始める。感染が拡大した三月、私の身体は九年前の三月の断片を思い出していた。

ウルスラの沈黙は指という鉤《かぎ》になり、それに引っ張られて私の記憶は少し解ける。

震災から四日目、近所のスーパーから得られる食料も失くなってしまうと、街の中に出てみることにした。車のガソリンは余裕がなく、普段のようにバスと地下鉄を使おうと考える。しかし、駅の一部の大きな破損により、途中の駅までは代走バスに乗り、地震後初めて街の中心部に向かった。街の中は驚くほど静かで、その静けさがもたらした圧迫感によって、真空状態となった時間は停滞しているように思われた。中心部は音を失くしたことにより、存在感も半分となって、影や半身をもぎ取られたかのような心許なさに満ちていた。

食料を買える場所を探して、私は人の群れにくっついて歩いていた。あるデパートの地下で食料を買い求める人の何百メートルにもわたる長い蛇の姿を見つけて、その尾にとりつき、その蛇の尾がさらに成長してゆくのを眺めた。蛇の胴は長く、いつまでたっても頭の方に辿り着けない。ひたすら足踏みを繰り返し、かじかみのひどい手指を、手袋の上から強く歯で噛んで感覚を取り戻すよりほかなかった。電気が止まったことにより、寒さから逃れる場所はなくなっていた。そのために、数日で身体中に寒さが蜘蛛の巣状に絡みつき、そのまま沁みついて強張りが解けなくなっていた。その列の中で、私の耳は言葉を拾い集め始めた。海の方が、駅向こうに広がる東側が、海沿いの場所がどうなっているのかを。

そして、その時もまだ、野宮のことを全く思い浮かべることはなかった。沿岸部をのみ込んだ津波と彼が結びつけられるのは、もう少し後になる。

地震から一週間後、初めて大学の研究室に足を踏み入れた。県外から来ている学生はほとんど実家に戻って避難し、家族や実家が無事だった人だけが研究室の片づけに現れるようになった。しかし、地元の出身者で沿岸部に近い人たちは、それからしばらく姿を現すことはなかった。

研究室の片づけは、なかなか捗《はかど》らなかった。カタログや論文集などの重い書物が床に重なり、移動書架も壊れていた。古い本は、落下の衝撃で傷めつけられていた。本をまとめて別の教室に一時的に避難させるという流れを繰り返し、原発の状況や津波の被害状況など情報を交換しながら作業を進めていた。そして、同時にあの時刻にどこにいたのか、何をしていたのか、それぞれの行動を確認し合い、その言葉に熱心に耳を傾けていたのだ。それは、沿岸部で交わされる、不明者の安否確認のための情報収集とは異なるものだった。いまだに収まらない状況への不安と、自分の中に留めておけない奇妙にあわ立つ感情。私たちは、言葉を知るために手を動かしに来ていたようなものだった。すでに新聞の写真が伝える沿岸部の現状を見知ってはいたが、それと私たちの混乱の間は、まだ透明で厚い距離感で塞がっていた。その非現実性は、実際に海の方を目にしていない、遠さによる心許ない感覚だったのだろう。私たちは多面体の結晶を手の中で転がすようにして、他人の証言的な言葉を集めて覗き込み、この出来事を消化しようとしていたのかもしれない。

しかし、野宮と連絡が取れないということが、助手や教授の口に焦りと共に上り始めた頃、私たちの言葉もまた静かに減ってゆくのだった。さざ波ひとつない沈黙が声を呑み込む。石巻の被害状況が口から口へと伝えられてゆき、沿岸部や隣県、原発避難指示区域と俯瞰的に情報を配置するのではなく、野宮のいた場所に視点が集約されることになった。そして、密やかに新聞やインターネットで、避難者の名簿と同時に死者の名前にも目を通すようになった。特に、死者の名前と向き合うのは、ひとりの時に限られた。誰もがそれを見るのを恐れ、そして確認することに後ろめたさがあった。野宮の無事を信じる眼差しは、二人以上が集まる際には共有されるが、ひとりになると取り去られ、死や行方不明という言葉をなぞっていた。私たちはすでに絶望を迎えるための準備に入るしかなかったのだ。死者のリストに目を通す度に出会う、見知らぬ他者であるはずの名前は、名前であることだけではおさまらなかった。見えないはずの生活や時間を含み、それらを途切れた時間の向こうに押しやる海の映像に重なり、名前は遠い声となって響く。そのまま三月は終わり、そして残酷な季節である四月がやって来ると、誰もが野宮が海に消されたことを受け入れていった。

ゲッティンゲンに来てから、ここから離れた場所を襲った地震の記憶について、一度も言葉にしたことはなかった。緑に包まれた東北のあの土地、まだ四季が境界をなしている場所の名前は、ここでは誰の耳をもすり抜けてゆく遠い言葉だったからだ。地震と津波という言葉を連ねても、会話相手の表情に霧がかかっていることが多いが、原発のあった場所を説明すれば、その霧は一瞬で晴れ大きく頷くのだ。私のいた土地は、彼らの地図的印象においては、その焦点が置かれた場所とほぼ横並びに配置されている。あたかも、地球の周囲を巡る月のように。原発のある土地を象徴化した言葉は、彼らの中では幽霊のごとく場所の印象に憑りついていた。

しかし、野宮が来たことにより、私は記憶との距離をつかめずにいた。彼が消えた海からも遠く、家族も落ち着く家もないこの地に現れたことに、そこに繋がる言葉を見出すことは難しい。私はまだ、記憶の時差に追いつけずにいるのだろう。

紅茶を新しくいれるウルスラに、思い立ってアガータの体験し損なった地震について尋ねてみた。ルールモントの地震のこと、覚えていますか？彼女は動きを止め、本棚に並ぶ書物の背を眺めるように、目をすがめて記憶を探っていた。時間をかけて、一九九二年の地震を思い出す。彼女は当時もゲッティンゲンにおり、夜明け前の揺れを体験していた。しかし、ウルスラの記憶に、それは引っかき傷ほどの痕も残していなかった。地震を巡る逸話は簡潔極まりなく、プディングの身震いのよう、と一瞬の体感を描写するばかり。その前に起きた地震と言えば、十八世紀半ばのドイツ西部にあるデューレンを震源とするものだった。二世紀以上前の地震は、時間の隔たりが大きすぎて、歴史の中に片づけられてしまっている。地震への距離感の違いに言葉の糸は縺れて、野宮の到着から遡る過去を話すことに躊躇いが出てきた。

ウルスラの家を辞した時には、胃の中に中途半端な重さを抱えていた。口にしたトルテばかりか、口にできずじまいの言葉までもが溜まっているからなのだろう。結局のところ、野宮の到着や、それが引き起こした記憶を、ウルスラの沈黙に向けて語ることはできなかった。確かに記憶の糸は解けたが、途中でそれは舌に絡まってしまい、言葉は出てこないままだった。しかし、帰り際のウルスラの言葉が、耳に引っかかっていた。過去は誰かの顔や姿を借りるものよ。それがぼやけているのなら、顔が見えるまで思い出すことに時間をかけなくてはならない。頭の中で私は〈舞踏〉像のように、白い顔のない仮面をはがそうと爪を立てるが、それは回転して手をすり抜け、なかなか顔を見せてくれない。

家から中庭に出ると、樹が陽射しを注がれて、てらりとした葉を重たげに垂らしている。密やかな笑い声が、葉の間を縫って耳に飛び込んできた。おそらく、アグネスの声だったのだろう。しかし、彼女の姿はどこにも見えず、樹の笑い声だけが消えずに残っていた。中途半端な回想のせいなのか、私は自分こそがこの場にそぐわない幽霊のようだと思い、その違和感を取り除くためにも静かな場所へ行こうと考えた。

ウルスラのアパートと木星のブロンズ板から、聖ヤコブ教会はほぼ等距離にある。教会正面の石畳に視線を落とせば、埋め込まれたブロンズ板に行き当たる。黒を背にして金色に浮かび上がる帆立貝のモチーフは、巡礼者を表すと同時に、聖ヤコブを表す持物《アトリビュート》としての印でもあった。ドイツ語で帆立貝はJakobsmuschel《ヤコブスムシェル》、聖ヤコブの貝と呼ばれており、聖人と貝が分かち難い関係を作り上げているのが、言語的にも視覚的にも明らかだった。貝のついた帽子をかぶっていれば、聖ヤコブの像とすぐに分かる。個人は顔や姿ではなく、持物を通して明らかになる。

聖ヤコブ教会は、巡礼教会とも呼ばれている。旅の途上を守護する聖人の教会は、巡礼者の休息所として街道沿いに建てられた。中世において、巡礼は生涯をかけた旅であり、ローマ、イェルサレムと並んでスペインのサンティアゴ・デ・コンポステーラが巡礼の目的地に挙がっていた。フランスを越えてスペインを目指す道は、血管のようにドイツ内にもまた張りめぐらされている。ゲッティンゲンも北欧からのルートに含まれており、リューベック、ハノーファーと続いて、貝殻の道の途上に名を連ねていた。聖ヤコブの遺骸を置く目的地へと向かう歩みは現在でも途切れていない。かつては、その通行手形として帆立貝の殻が用いられた。聖ヤコブを目指す象徴であり、身分証明書として機能する。

十四―十五世紀に建立された教会内に足を踏み入れると、耳と目が静寂に引きずり込まれる。この教会に重ねて足を運ぶうちに、静寂は水の感触を持つことを見知った。教会の天井や壁には過剰な装飾は見られず、比較的静かな白に満たされている。林立する柱は主祭壇へ向かうように並ぶ樹木で、その肌には独特の模様が施されていた。灰色と赤の菱形模様が絡み合い、柱の表面を天の方へと昇ってゆく。この幾何学模様は、遠近法が発見された十五世紀に由来する。左右の柱の表面を目でなぞれば、模様が生き生きと空間内で視線を惑わせてくる。二色のパターンは蜥蜴《とかげ》の鱗のように柱を覆い、その鱗模様は柱ごとに異なるために、太くなったり細くなったり、空間の奥行きを幻想の遠さへと繋げる仕掛けとなっているのだった。

遠近法は画面や空間に奥行きを、距離を作り上げる。ゴシックの様式に基づく教会内部の天井は、視線によってどこまで延び、どこにたどり着くのだろうか。私の瞼の裏には、いまだに海岸線とその内側を覆う白の素描が浮かび上がる。それは、この遠近法の先にあるものなのだろうか。遠近法は記憶の中にも作用している。そしてその焦点に置いた映像は、他の記憶図の配置を変えてしまう。時間を重ねていけば、様々な消失点を設定し、自在に記憶を眺めることができる。しかし、私たちの中にある消失点は、どこまでもあの日に置かれてしまっているのもまた事実だった。

時間の遠近法は、さらに遠くの記憶に焦点を当てる。野宮と言葉を交わすようになったのは、彼がドイツ美術への関心を示したからだ。当時、修士課程の一年目だった私は、ある日のこと西洋美術史研究室で、野宮から卒業論文のテーマについて相談を受けた。二月の終わり、四年生になる学部生たちは研究テーマについて漠然と考えるようになる時期だった。

　ドイツ美術は人を集めない領域だった。美術史研究の世界では、古い時代のドイツ美術はあまり人気がない。色彩のきついコントラスト、グロテスクなまでに感情を露にした顔、ぎこちない身体性。ほとんどの人が、それを美しいと言うことに躊躇いを持つ。調和という理想から離れたその激しさは、こちらの目をひるませることもある。

　演習や課題で扱う画家や作品から、ヨーロッパのどの地域の美術を扱うか次第に方向性が見えてくる。野宮は、十六世紀イタリアで活躍したアンドレア・デル・サルトやその周辺の画家に関して扱っていた。レオナルド・ダ・ヴィンチの影響を受けた作風。宗教画に見られる物憂さに満ちた柔らかな空気。どこともしれない時間を潜り抜けてきた光。野宮をこの画家に引き寄せたのは、夏目漱石の『吾輩は猫である』の美学者迷亭の偽〈写生論〉だったという。真に受けた苦沙弥先生が、実践と称して猫の写生に取り組むことになったでっち上げに、名前を使われた画家でもあった。しかし、そこからアルプスを越えて北方の画家に向かった理由がつかめず尋ねると、野宮はドイツの美術館で目にした絵が印象深い、と答えた。研究室の大きな机の上に、指で描き表した移動の軌跡は、ひとりの画家にたどり着く道筋でもあった。

二〇一〇年の夏季休暇、野宮はイギリス、イタリアからドイツへと美術館を巡る旅に出た。ロンドンのナショナル・ギャラリーで漱石が賞賛した絵画を眺め、イタリアの聖堂や美術館で足と目を擦り切れるほど使い込み、ミュンヘンにたどり着いた。そこにあるアルテ・ピナコテークで、空の現象やそれを取り巻く風景表現が際立つ作品を見たとのことだった。アルブレヒト・アルトドルファー。十六世紀初めのドイツのレーゲンスブルクで活動した画家。自然や風景があくまで背景を飾る断片でしかなかった頃、純粋な風景画を打ち立てた画家のひとりであり、風景に心象を重ね合わせる表現を豊かに用いていた。風景への眼差しが変遷すれば、それは天体現象や気象などの表現にも及んでくる。地上とそれと向き合う空も、神の居る世界の暗示だけではおさまらず、象徴の殻からあふれ出す。

その中でも、野宮が特に関心を抱いているのが、天体現象や空の光源の描写であるという。キリスト降誕主題の作品では、その誕生と場所を示すベツレヘムの星が、火球を思わせる独特な形で表現されている。そこから当時の宇宙観やイメージへと、彼の関心は広がっていった。ちょうどその頃、自然への眼差しは二つの神秘性に包まれていた。宗教的な文脈と観察的な視点が混ざり合い、風景自体に聖性が見出され始めていた。

しかし、アルトドルファーの宗教画を卒業論文で扱うかと訊けば、野宮はあっさりと否定した。〈アレクサンダー大王の戦い〉を取り上げてみたい、と言う。

野宮が挙げたのは、紀元前三三三年のイッソスの戦いを描いたアルトドルファーの油彩画だった。アレクサンダー大王率いるマケドニア軍が、ペルシア軍に勝利を収めた史実を主題にしているが、この作品は風景画としても有名だった。前景の色彩の波打つ戦闘描写は、秩序ある混沌を作り上げている。英雄ひとりにではなく、場所や出来事の方に焦点が当てられているのだ。しかし、この油彩画の中で最も目を惹くのは、画面の奥に広がる海と空だった。青に沈む山脈は、前景の動的な色彩と比べると静寂に浸り、目を閉じて思いを巡らし、ただ夜を待ち受けているように見える。画面内に横たわる地中海は、この青の気配と共に仄かな朱や白を含む空の動きを映し出す。西では太陽が水平線に懸かり、その反対側の上空では東方を象徴する三日月が透明な白と輝きを帯びている。さらに天空に浮かぶ飾り板を取り巻く量感のある雲の動きは、不穏ながらも視線をさらに上に、高みへと持ち上げるような力強さがあった。そして、深い青から青へと流れる動き。地上を俯瞰しつつ空を見上げる、鳥を思わせる視点。

この色彩の呼応を絵の中に見た時、野宮の目が捉えてきた海と、それを含む光景が静かに重なった。石巻の海の近くに住む野宮にとって、海と空の奏でる色彩や表情の変化は、何よりも馴染み深いものだった。積み上げられてきた感覚や記憶が、時代も場所も遠く隔たった画家の作品に共感を呼び込む。

その時、野宮がゆっくりと紡いだ海の素描は、青い硝子を差し込んだように、私の中の青の印象に重なり染み通っていった。天気や季節、時間を映す海や空の描写は、観察に徹した透明な眼差しによるものだったのだろう。海のそばに住む人たちの感覚的な経験や言い伝えは、広げたカタログの古い絵の上にこぼれて、私の耳には遠い場所の物語のように響く。十六世紀の絵画に至る青を目にした者の言葉。

それが、野宮と研究室で最後に会って交わした会話だった。それから二週間もしないうちに、野宮は海にのみこまれた。

教会の中で、私は遠近法の浮遊感に身を任せた後、主祭壇に設置された祭壇画を眺めた。三重の物語性をもつ祭壇画は、教会の名前の起点となる聖ヤコブの生涯を表したパネル、キリストの生涯と受難、そして黄金色を纏う木彫の聖人とキリストが佇む場面で構成されている。それぞれのパネルは、信仰のカレンダーに従って展示されている。しかし、この教会を訪れると目にするのは、大概はキリストの生涯であった。金地に描かれた逸話は、ステンドグラスから差し込む光によって色彩は柔らかく開かれ、死や苦痛に満ちた後半の場面さえも、どこか遠いもののように目に映った。十字架にかけられて死んで終わりではなく、その後も遺体の埋葬と墓からの復活までがひとつの物語となっている。私はそのパネルに野宮の時間を重ねて作り上げようとしてみた。空想の中では、彼の死の場面はいつも海の塊しか見えてこない。身体が見つからないまま、彼はゲッティンゲンにやって来た。しかし、これを復活のイメージと重ね合わせることはできないだろう。

三つ目の、聖母子と十六聖人の彫像で構成された場面を目にしたのは数回だけだった。このパネルでは、十六人が集合写真のように中央に押し寄せて混雑するのではなく、キリストと聖母マリアを真ん中に挟んで一列に並んでいる。天蓋や柱といった繊細な建築装飾のおかげで、聖人どうしの間も距離感が綺麗に保たれていた。そこには聖女も四人、黄金の衣服に覆われ、頰に薔薇の色を差して柔らかな微笑を漂わせている。私は彼女たちの持物《アトリビュート》を思い浮かべ、その名前を探り当てた。パン皿を持ったテューリンゲンの聖エリーザベト。車輪と剣を携え冠を被るアレクサンドリアの聖カタリナ。香壺はマグダラのマリア、そして小さな籠は聖ドロテア。これ見よがしに書物や司教杖などを携えて権威をちらつかせる聖人よりも、はるかに特徴と名前が見えてきやすい。

私の研究主題は、中世以降のドイツにおける十四救難聖人の図像の発展と信仰問題であった。本来はカトリックの信仰形態の一種であるが、十五―十六世紀前半のドイツ語圏において流布した聖人崇敬《すうけい》の表れのひとつでもある。ヨーロッパの至る所で同じように見られるが、地域によって思い入れのある聖人は異なる。特に、名前に土地の名を含んでいれば、それだけに結びつきは固くなる。この十四人の聖人のグループは、病や苦痛、事故などによる突然死などから免れるために信仰の対象となっていた。死や苦痛は様々な形で生活に紛れ込み、ぬっと顔を出すそれと鼻を突き合わせるかもしれない。距離を置くためにも、生前にその苦痛に似た拷問や死を受けた聖人に祈りを捧げる。彼らは体験によって刻みつけられた苦痛の専門家であり、だからこそ正しく病や死から守ってくれると考えられていた。

キリスト教の聖人は数多く、それを図像化する際には、個人特定ができる持物とセットで描かれる。書物や杖、鍵、壺や仔羊など、それらは彼らを巡る逸話と深く結びついている。そのために殉教聖人の多くは、表現の上では拷問具や傷つけられた身体の一部を抱えているのだ。他の聖人たちと見分けるための苦痛の道具に、認識されるための身体部分。外部化された痛みの象徴。そこを手掛かりとして、観る者は病の治癒や脅威からの回避を願うのだ。幽閉された塔を手に持つ聖バルバラ、身体中に矢を突き立てられた聖セバスティアヌス、歯を挟んだ鉗子を抱えた聖アポロニアなど、自分であることを際立たせ特徴づけるためには、苦痛が必要だと言わんばかりだった。

その中でも、ひと際奇妙に思われるのが二人の聖女である。シラクサの聖ルチアとシチリアの聖アガタ。拷問によって、ひとりは目を刳りぬかれ、もうひとりは乳房を切り取られた。絵画の中で、彼女らはつつましやかに、切り離された身体の一部を掲げる。聖ルチアの持物は眼球だが、描かれている聖女には美しい眼が揃っている。彼女は瞼や睫毛まで備えた眼球を指でそっとつまむか、金のお盆の上に載せて掲げてみせる。二重に描かれた目のうち、どちらが聖ルチアのものなのだろう。同じ問いかけは、乳房を切り取られた聖アガタにも向けられる。彼女もお盆の上に、まろやかな円錐形の乳房を菓子のように載せている。だが、彼女の場合はまだ服に胸部が隠されているので、乳房の二重性は不透明のままである。彼女たちは、身体の一部を二重に任されて、持て余すことはないのだろうか。彼らの失われた部分が、傷ひとつない身体と共にあること、そして死してもなお、痛みの記憶の断片をこうして抱え続けることの意味に、私の関心は向けられている。

　頭の中にある記憶を支えるのは、身体の記憶である。それは繰り返すことによって濃い痣のように、さらに身体に転写されてゆく。

　三月の日の記憶は、視覚的なものに留まらなかった。私の中でもおそらく身体の各箇所にあの震災の印象が刻まれている。右手。余震に怯える飼い犬の背中の手触り。不眠に陥りぼさぼさと脂気を失くした毛を撫でる反復運動。夜の暗がりの中、電気のスイッチを押す無意識の習慣と暗闇への落胆。左手。長時間並んで手に入った食料の袋が食い込む痛みと赤い跡。壊れた食器を片付ける際に指先に走った冷たい痛み。集会所の唯一水が出る水道に並んで、迸《ほとばし》る水にペットボトルをあてがって濡れた冷たさ。耳。車の絶えた通りの空白。情報の断片を繋ぎ合わせようとする会話。ラジオの声。ようやく繋がるようになった電話で聞いた声たち。大学のキャンパスに棲みついた猫が、飢えで走り寄りつつあげる悲鳴じみた鳴き声。

缶詰やフードをあげた時の咀嚼音。両足。食料を買い求める長蛇の列の中で空腹感と寒さに繰り返される、リズムのない足踏み。バスもないために歩き続け固くなった足の裏。胃。痛みを伴う空腹感。食料不足を覚えた消化器官の一部は、その後も飢えを訴え続けて止まらなくなった。鼻。敏感になる食べ物の匂い。こもる身体の匂い。古い書物のかびた時間。皮膚。洗えなくなった皮膚の上に積もる澱みとべたつく重さ。針のように突き刺さる寒さ。

映像だけが記憶となるのではない。身体のひとつひとつの部位が記憶を蓄え、それを静かに抱え込む。その身体が抱える残像を、おそらく消せることはないだろう。皮膚は周期ごとに細胞が新たなものになるが、地震から後の時間や感覚は、静かに透明な皮膚の層として残されたままなのだ。それでも、私の記憶のたどり着く先は奥行きのない白になる。このすべての身体記憶を繋げても、それは断片の濃厚な寄せ集めに過ぎず、あの日の全体像を浮かび上がらせることはできない。身体の部位が抱える記憶の持物。それは私の一部だが、聖人のような自己証明の象徴にすることはできない。海も原発も関わらなかった場所にいたこと。そのことが、あの日の記憶と自分の繋がりを、どこかで見失わせている。

教会を出ると、惑星の小径を太陽の方向に進み、火星と木星の間に横たわる広い車道に出た。そこを走る車の流れにのって、私もよく自転車で移動していた。時にはバスに追いかけられながら、ペダルを踏むこともあった。しかし、小さすぎる自転車で距離を稼ぐことは難しい。周囲の流れに合わせようと回転速度を上げても、他の自転車がいつも後から滑らかに追い抜いてゆく。背後にバスや自動車が迫って来た時には、まさに狩りたてられた状況に陥る。この通りは時間によって小惑星帯のように、自転車や車で混み合うことになる。小さな岩石の欠片となって軌道を描く度に、他の移動する者たちに衝突され、弾き飛ばされるイメージを冷たく抱えたまま、足の回転運動に集中するのだった。

背後の大きな金属の塊と自分の間のわずかな距離を無視するべく、私の感覚に偏りが出てくる。しばらくすると、ペダルをこぐ足とハンドルを握る手以外の身体は輪郭が解けて、空気の中にひらひらとたなびくような気がするのだった。最近は自転車での移動はほぼないが、背後から追い立てられている感覚は、変わらず留まり続ける。今、私を追うのは、野宮という幽霊が連れてくる記憶なのかもしれず、身体の断片記憶もまた、不穏に浮かび上がろうとしていた。

ウルスラを訪ねた後も、野宮と連絡をとることはなかった。会わずにすむ理由を、幾つも数え上げるばかりだった。彼が来たのが別の街ならば、と恨みがましく思う度に、罪悪感にかられ、少しずつ感情の表面が削られてゆく。野宮からも連絡はなく、結果的に生活自体には波風は立っていなかった。

しかし、彼が到着して二週間と経たないうちに、街の中で奇妙な噂が流れ始めた。海王星止まりの惑星の小径の先で、冥王星のブロンズ板が目撃されるようになった。二〇〇三年に惑星模型が置かれた時には、海王星よりもさらに南東の森の中、ビスマルクの名前を冠した塔のそばにブロンズ製の冥王星の姿もあった。しかし、太陽系の九番目の惑星であった冥王星は、二〇〇六年に準惑星と位置づけられ、惑星のカテゴリーから外されてしまった。それはゲッティンゲンの惑星の小径にも変化をもたらし、冥王星のブロンズ板は後に撤去されることになる。二〇一三年、数学者カール・フリードリヒ・ガウスの測量標を示す記念碑にそれは取って替わられた。その二年後に、準惑星としての冥王星の新たなブロンズ板が、北のマックス・プランク研究所前に置かれることになった。

旧設置場所に冥王星のブロンズ板が戻っているというのは、何を意味するのか分からず、憶測だけが羽をつけて飛び回っている。噂はさらに奇妙に変容してゆくが、その様子は方向を見失って硝子にぶつかる鳥を思わせた。三月から続く閉塞した雰囲気のためか、暇を持て余した人たちがビスマルク塔やマックス・プランク研究所まで足を運んで、その流言の真偽を確かめようとした。研究所の前には、今や他の準惑星と一括《ひとくく》りにされた冥王星のブロンズ板は変わらず佇んでいる。よって、森の塔の前にあると思しきものは、撤去前の模型板となるのだろう。冥王星を惑星に戻そうという隠れた主張の表れなのか。あるいは、これも一種の懐古主義なのかもしれない。それだけで済めば、森林局に撤去され、騒ぎはすぐに終結するはずである。

しかし、問題は旧冥王星の変則性にあった。日ごと時間ごと、ブロンズ板は現れたり消えたりを繰り返す。常に塔のそばにあり続ける訳ではなく、森の惑わしのように冥王星は雲隠れをする。それでも、ブロンズ板の目撃者たちの数は増え続ける。彼らの報告とインターネットにあげられた写真や動画によれば、それは持ち運び可能なオブジェなどではなく、かつてのように白い石にブロンズ板がはめこまれており、模倣品の設置としては手が込み過ぎていた。合成画像の可能性も一時は囁かれたが、報告が様々な年代からあったためにすぐに立ち消えて、信憑性は増していった。しかし、「在る」という前提が出来上がると、出現と消失の繰り返しが奇妙に思われて、噂はどんどん賑やかになってゆく。

プルートは冥王星のラテン語由来の名称で、ローマ神話の冥府の神を表している。死者の行く場所。それと関連する惑星が、小径に現れたことにより、遠ざけられていた死が私たちの許に戻ってきたかのようだ。増え続けるコロナ禍の死や、九年前に震災で海に消えた野宮など、幾つもの死の印象や記憶が頭の中を過る。メメント・モリ。死を忘れることなかれ。かつての九番目の惑星模型の移動は、そう嘲笑うかのようにも思われた。冥王星そのものが幽霊となったかのように、過去の場所に根を下ろそうとしている。

そういえば、とふと思い出す。野宮の家は、マックス・プランク研究所の近くにあったはずだ。その辺りには集合住宅形式の建物が多く、自然科学を専攻する学生が主に住んでいる。旧市街から徒歩で行くには距離があるので、自転車かバスを利用しないとならない。その辺りも小高い山や森が近くにあり、外れの印象が強かった。冥王星のブロンズ板の現在の設置場所からさほど離れていないところで、野宮は暮らしている。

その遠い場所へ私は彼を訪ねてゆくことはなく、野宮もまたこの状況に合わせたのか家にいるのがほとんどであった。しかし、冥王星の奇妙な噂が耳に入り始めた頃、彼からメールが送られてきた。〈月沈原《ゲッテインゲン》でトリュフ犬に会いました。〉

かつて国名や地名はすべて漢字に音訳されていた。耳で捉えた音をそのまま表記する文字。ベルリンは伯林、ケルンは歌倫、ドレスデンは徳停、ミュンヘンは民顕。音に身を合わせた漢字は、場所の印象を奇妙に、時には愉快なまでに変えてしまう。伯林は、辺境伯領の森林を表し、秋になると狩猟祭が開催され、犬の吠える声や角笛を合図に、馬を走らせる姿が森の中にちりばめられる。歌倫の音楽祭では、歌とモラルの両面における審美が競われている。修道僧が一斉逃亡を図る徳停、民衆の動きに火がついて革命に至ってしまう民顕。私の中の地図は、名前に投影された物語の断片に塗り替えられている。

ゲッティンゲンは月沈原、月が沈む野原と表記されていた。美しく寂しげな文字の組み合わせは、日本人の自然や月への眼差しと偶然にも結びつけられている。漢字の名前は、心なしか遠く隔たった場所へ至るようだ。静謐な漢字の並びは、この街に重ねられた印象という仮面のようにも、または時間の中に織り込まれた別の顔をも思い起こさせる。

しかし、その音に重ねた漢字は、すでに使われず忘れ去られているのに、何故ここで現れてくるのだろうか。野宮のメールを見て、月沈原という馴染みのない表記に視線が絡みついてしまった。彼の文章が伝えるのは、いたって普通の報告である。ビザ申請の手続きに関する質問、語学学校の授業の申し込みを済ませたこと、大学図書館の利用の手続き、そしてアジア食材店で手に入れた物などが淡々と綴られており、どこにもゲッティンゲンの過去について特に触れている様子はなかった。トリュフ犬との遭遇は文脈と関係なく唐突に表れ、そこで初めて漢字をまとった土地の名前が出てきていた。キーボードの文字変換ミスなどではありえない。ひとまず、彼の生活が軌道に乗って回り始めたことを喜ぶ返答を送ったものの、「月沈原」に関して私は何も触れなかった。

しかし、この月沈原という過去の名称が、冥王星の旧ブロンズ板という幽霊的なものが現れ始めた頃と時期的に重なるために、奇妙な感覚が拭えずにいる。そして、そこに野宮の到着もまた繋がるのかと考えている間にも、森の変容は進んでいた。

幽霊めいた冥王星に関して噂が静かに広まり始めた頃、アガータから奇妙な話を聞くことになった。彼女は、この街にいる森林散策愛好者のひとりである。ゲッティンゲンの東や北に横たわる森や、旧市街を取り巻く緑に包まれた散策路に誘われて、緑の愛好者となる人は多い。さらに三月以来、生活が閉鎖的になったことにより、健康維持とストレス発散のために、散策を習慣とする人も増えてきた。アガータはトリュフ犬と共に森を抜けて、海王星のブロンズ板まで行き、そこから帰路につく。聞いてみれば、噂にとり上げられる冥王星の模型の有無を確かめに、ビスマルク塔まで行くことはしていないとのこと。森の奥まで行かなくとも、縁に沿ってゆくので十分に静寂を満喫できるとアガータは笑っていた。何となく、その清々しい言葉の裏には、トリュフへの仄かな期待も隠れている気がしたが、私はそれに気づかない振りをする。

しかし、小さな変化が彼女の散策にも見られるようになってきた。トリュフ犬が最近奇妙な収集癖を示し始めた。海王星近くの森に連れてゆくと、彼は土の中から何かしらを引っ張り出してくる。それは、トリュフでも毒茸でも動物の死骸でもない。発掘物の正体を尋ねると、アガータは幾つもの単語を並べてみせた。杖、玩具の剣、ダーツの矢、羊の縫いぐるみ、錆にまみれた杯、取っ手が壊れたバスケット、塔の形をした人形の家。明らかに、誰かの生活に組み込まれ、そこから引き離されてしまった物たち。落とし物とみなすには、それらはあまりにも場所とそぐわない。アガータは、そこに森に対する礼儀正しさが失われていることを見出しては、不法投棄に感情を煮立てている。事あるごとに、森を汚す痕跡から、環境保護に対する態度へと話題を広げるようになってきた。一方の発見者であるトリュフ犬は、黒い隕石状の茸の嗅覚的な記憶を失ったかのようだ。代わりに、人間の生活の断片を土の中から見つけては、飼い主に誇らかに見せる。そして、アガータは緑を汚す証拠を怒りながら、スマートフォンの写真フォルダに収めてゆく。その繰り返しだった。

ただ一度だけ、澤田は沿岸部で見てきたものについて話したことがある。

三月のあの日から時間をおいて、彼はできる限り海岸の方に足を運び、野宮のいた場所に近づこうとした。そこでは物が形を失い、用途を見失い、それを用いた人たちを失い、そして名前までもが失われかけていた。

物は外観や形が残っていても、すでに時間の流れから置き去りにされ、「だったもの」という過去の照応によって手探りで認識されるようになっていた。同時に、澤田が目にした物たちは、記憶に繋がる言葉を内側に湛えていた。人形や靴、車や鞄、服や本、机に箪笥。それらは単純な名詞ではなかった。そこにあるのは、時間からもぎ取られた人の過去の断片だった。澤田はそこに人を見ていた。擬人化せずに、全てが奪われた場所における時間や存在の証明として捉える。しかし、その誰かでありながらも、彼には見知らぬ人たちの声の一部を目にしても、その記憶を共有することはできない。海水に濡れ泥にまみれた物、壊れてわずかに形を留めている物まで、見えない声として視覚的に捉えて、やがて彼の中で反響するが、それを聞き取って理解することはできない。耳を傾け続けても、そこから人の姿をおぼろにしか思い描けない。それでも、足を進めるうちに、彼の言葉は物の囁きや悲鳴、沈黙にのみ込まれていった。形を留めなくなった物が堆積する場所を歩きながら、人の生きる場所にどれほどの物が組み合わさって形を成していたか、そして人の生や時間がどれほど複雑に映し出されていたのか、そこで初めて思い至ったそうだ。

沿岸部と市内中心部。この二つの場所の行き来を繰り返すうちに、澤田の目は物の幽霊に憑りつかれるようになった。視界に瓦礫の重なりがおぼろげに映り、目を閉ざして遮断しようとしても、目蓋の裏にもそれは現れる。それは死の気配というには、あまりにも鮮やかであった。おそらく、それが理由だったのだろう。彼が修士論文のために選んだのは、ニコラ・プッサンの〈我もまたアルカディアにありき〉だった。幾つものヴァリアントのあるその中には、牧歌的な田園風景と風景にそぐわない髑髏《どくろ》が取り込まれている。場所に関係なく視線を合わせてくる死の形。理想郷にもまた、死は常にあることを示すテーマだった。

目の中に海岸の情景がくっついて離れなくなってから、と続く澤田の言葉を思い出す。物と物や、場所と物の奇妙な組み合わせを描いたシュルレアリスム風の絵を、しばらく見ることができなくなりました。砂浜に転がる歪んだ時計。部屋と混ざり合った風景。冬の浜辺に置かれた寝台。物が組み合わさったオブジェのような身体。絵画では、繋がりのない物の結びつきに見慣れていました。しかし、目の前に重なる物は、額縁の内側に留められているのではなく、その外側に横たわる現実でしかなかったんです。家があった場所に船が傾いていても、流された車が車に積み重なっていても、それを絵や夢の中に置き去りにして、物が整然と並ぶ現実に逃げてくることなどできない。絵の中の非現実さと、現実の非現実さの間にある断絶に近い距離感が目の中に残り続けているんです。そして、そのために野宮の記憶が、目にする物と繋がることができずに、半ば失われてしまった気がします。

やがて、それらが取り除かれ、何もなくなった土地が顔をさらす。しかし、物がなくなろうとも声は残り続け、声がひしめき合い過ぎた沈黙が辺りを占めたままとなる。澤田の耳と目に残る記憶の断片は、野宮の肖像を遠ざけ歪め続けていった。

トリュフ犬の奇妙な発掘が続くようになった頃、ルチアとカタリナが訪ねてくることになった。ロックダウンが解けた後、少人数の招待客と屋内で会うことが可能となった。しかし、問題は家の方だった。他人が訪れなかった部屋は、掃除をしてもどこか時差ぼけめいた表情を見せる。がたがたと呻き声をあげる掃除機をかけている間、アガータは台所で夕食の準備に取り掛かっていた。水を張った鍋に貝殻状のパスタが沈み、深鍋には野菜を刻み込んだソースがふつふつと短い息継ぎを繰り返す。彼女は背を向けて、大きな肉の塊の筋を丁寧に切り取っている。その右腕や肩の辺りに力がこめられ、その度に包丁と俎板《まないた》のぶつかる重たい音がこもって転がる。肉切り包丁は、それだけで相手を遠ざける作用があるようだ。私は鈍く低い音から逃れるように、殊更《ことさら》に大きな音を立てて掃除機を動かしながら、アガータから距離をとってゆく。

土曜日の夕方、珍しく曇って空気が和らいでいる時間帯に、ルチアが扉のベルを鳴らした。扉を開けると、奇妙な水玉模様の水色のマスクをつけて、目元だけで柔らかく微笑む姿が視界に飛び込んでくる。彼女は眼鏡店で働いており、やはりウルスラの家で知りあった。細く華奢な金縁の眼鏡越しに見る灰青の目は、冬の終わりの夕暮れに似た透明感を湛えていた。仙台では、雪が積もる地面と向かい合う空がこの色を帯びることがあるが、ここに来てから私は一度も目にすることはなかった。雪の白は空に直に映ることはないものの、天の奥行きをおぼろにする。鉱物的な硬さに満ちた色ではなく、どこか内側にこもった柔らかくけぶる水色。ルチアの目は、忘れていた三月の甘く冷たい空気と雪の気配を思い起こさせる。

彼女は首元に、眼の形をした首飾りをぶら下げていた。青い硝子細工の眼玉。人工的な夜の濃紺に、輪郭の溶けた円形の不透明な白硝子、その上に種のような黒い硝子粒が載せられている。どこかで見たことはあるが名前は浮かび上がらず、記憶がくすぐられているような感じだ。「それは何？」「ナザールボンジュウ。トルコのお守り」邪眼や悪魔をはらうその眼差しは、ルチアの柔らかな目の表情とは異なり、感情を映さない青に冷たくこわばっていた。

ルチアがアガータの方へ行ってしまうと、続いてカタリナも到着した。久しぶりね、と声に笑みをのせるが、唇は微笑の形に大きく緩んでいない。哲学の修士学生であるカタリナは、私の論文のドイツ語の添削者だった。彼女の言葉は磨きぬかれた硝子のようだが、同時にその言葉は的を得すぎて、鋭い剣となってこちらを突き回すこともあった。カタリナの耳元で揺れる車輪の形をしたピアスに視線を合わせながら、論文の進捗《しんちょく》具合を聞かれないことをひたすらに願っていた。

食事の間、分かりやすく安全な入り口を通って、会話は始められた。互いの近況や自分たちの周囲に起こった逸話、州政府の対策など、滑らかに私たちは互いに途切れていた生活の糸を結び合わせてゆく。文字や画面ごしの肖像を通さずに、顔を突き合わせることに、やはりまだ違和感が強かった。時間のリズムがばらばらであるために、私たちの会話は食事の流れに合わせて慣らしてゆくこととなった。しかし、食後にアガータは、皿を取り替えるように、すぐにデザートと一緒に新しい話題を持ち出した。当然、それは森の一件である。

「森の散らかし具合は、ビスマルク塔に近づくにつれてひどくなる。流行りに踊らされた人たちが原因よ、きっと」

トリュフ犬の発掘について説明した後、アガータは鮮やかに、そして辛辣に断定した。ルチアもカタリナも初めは怪訝そうな顔つきで、皿に盛られたアイスクリームを眺めていたが、やがて腑に落ちたらしく、笑みに口元をむずむずと崩すのだった。アガータは背景を尊重せずに自画像を撮る人に対して、批判的な目を向けていた。この頃、アウシュビッツ強制収容所前で自撮りをする人が問題となっていたが、その件にも彼女は容赦しなかった。あの場所を自分の恰好の背景とするなんて信じられない。あれはすでに肖像となっている。時間と記憶の肖像。あそこには顔が無数に刻まれているのに、よく背後に押しやろうなどと考えるものね。場所の肖像性を大事にする彼女の眼差しは、街の東側に広がる森にも向けられていた。

そこで、森の方に話は戻ってゆくことになる。

「にわか仕立ての散策者は、森を単なる場所としか扱わない」「場所は場所でしょう?」「私が言いたいのは、目的地までの空間を繋ぐ背景扱いなのよ」「主役はあくまで森と言いたいの?」「そう。散策者はあくまで一過性の要素なの。普段から自画像にしか関心がないから、焦点の当て方を間違えるのよ」「自己撮影嫌いのアガータらしい意見」「だって、そうでしょう。自然との良好な関係の自分を見せたいから、自分の視点でしか森を見ないのよ」言葉を重ねれば重ねるほど、アガータの怒りも羽を広げて逆立つ。そして、その感情に押されるように、撮り集めた写真をスマートフォンの画面に呼び出すのだった。

でも、これは本当に冥王星のブロンズ板を見に来た人と繋がりがあるのかしら。カタリナは銀の声で呟く。わざわざ持ち歩くようなものじゃないでしょう。その冷静な声に、熱をため込んだ話題は膨らむのをやめた。スマートフォンの写真フォルダは、トリュフ犬が見つけ出した物の記録が大量に残されていた。指を画面の上で滑らせてゆくが、どこまで行っても終わりはなく、土の中に置いたままにされた物が次から次へと現れる。それらは人の気配を残しているために、遺留品を見ているような困惑した気持ちになった。写真を眺めたまま沈黙に浸かった私たちは、待って、と言う突然のルチアの声で、画像に触れる指の動きから目を引き離す。彼女の指示に従って数枚遡ると、そこには土の中に埋もれた淡い青が群生する花のように写っていた。それを拡大すると、土にまみれたナザールボンジュウであることに気づく。そのひびの入った視線は、ルチアの目を捉えて離さなかった。

その後、ルチアはアガータから画像を幾つか手に入れると、曖昧な言葉を並べて去っていった。カタリナは写真をつらつらと眺めはしたものの、特に何も言わなかった。溶けたアイスクリームをスプーンでかき回して、ピンクと白と緑の奇妙なマーブル模様を作り上げるだけだった。しかし、やはり帰る間際に、玩具の木剣と錆びた自転車の車輪の画像をもらいたいと躊躇いがちにアガータに頼んでいた。森の中で発見された物が、二人から言葉を奪っていったのは確かだ。余計に迷路に奥深く入り込んでしまったかのような事態に、アガータも森についてそれ以上話す気を失ったらしい。そのまま土曜日は過ぎ去り、日曜日になっても、彼女は海王星近くの森に足を延ばすことはなかった。

翌週の木曜日、ウルスラからアガータに連絡があった。彼女のメッセージには、森でトリュフ犬が掘り出した物の写真を見せてほしいと綴られていた。おそらくは、「木曜人」であるルチア、もしくはカタリナがウルスラの家を訪ねて、発掘にまつわる出来事を話したのだろう。首を傾げつつも、アガータは写真データを全てまとめてウルスラのアドレスに送っていた。後で耳にしたことだが、ウルスラの依頼には、海王星付近の散策への同行や、森でトリュフ犬が発掘した物の回収も含まれていたらしい。アガータも私もいつの間にか、ずれた軌道をたどるしかないような状況に、冷えた不安が積もり重なって動けなくなっていった。

これもまた、冥王星のブロンズ模型と何らかの関係があるのだろうか。私たちはその点を避けつつ、ウルスラの依頼について憶測を巡らせるしかなかった。アガータと私の困惑をよそに、トリュフ犬は相変わらず、幾つかの涼しい場所を渡り歩いては昼寝を繰り返す。その鼻は隕石茸ではなく、何の断片を嗅ぎ当てているのだろう。時折ひくひくと動く彼の鼻を眺めては、冥王星に重ねられた死のイメージをぼんやりと想う。

この位相がずれてゆく状態において、私は再び野宮から長いメールをもらった。「月沈原」という文字に吸い付けられて、私はそれを目でなぞってゆく。

〈語学学校の授業が始まりましたが、やはり主にオンラインによるものです。直接会わずに画面越しで顔を合わせているのは奇妙な感じがします。

しかし、習慣など一度坂を転がり始めた石のようなもので、それに慣れてしまえば、他人と直接会うことに逆に違和感を覚えるようになってきました。それでも、画面越しの会話ばかりを繰り返すうちに、言葉が色褪せ味気ないものと映ってきます。それを難しいとは知りつつも、やはりできれば人と会って言葉の生々しさを知りたく思っていました。幸運にも、以前ドイツ語を学校で教えていたという方と知り合いになり、その人のもとで週に二度、ドイツ語の会話を練習させてもらっています。読書好きな方なので、小説をテクスト代わりにすることもあり、日本の古い短篇のドイツ語訳を一緒に読むことも少なくありません。日本の作家の名前を見ると、その時ばかりは私のドイツ語も自信ありげに振舞います。

そういえば、この街で奇妙な話を耳にするようになりました。ご存知かと思いますが、冥王星のブロンズ板に関することです。この前の説明にあった惑星の小径から外された冥王星の模型が、元の場所で目撃されているそうですね。そのためなのか、浮足立った人たちが時折小さなグループをなして、マックス・プランク研究所の前にも現れるそうです。二手に分かれて、二つの場所のブロンズ板が同時に存在しているのかどうか確認しようとしている人たちもいました。私の家の近くのことなので、その類の集団はすぐに見分けがつきますが、その狂熱に少し当てられたかもしれません。買い物や散歩の途中に研究所の方へ足を運び、確認する習慣が身につきました。冥王星のブロンズ板は変わらずに、惑星の小径から外されて置かれた場所にあり続けています。ビスマルク塔の方に現れるのは、冥王星の幽霊なのかもしれませんね。いつか訪れて、確かめてみたいとは考えています。

太陽系の惑星群から外されて準惑星になっても、冥王星がその軌道上を動くことに変わりはないでしょう。惑星の小径を海王星で打ち止めにしても、それは私たちの認識の広がりが変化を受け入れただけで、その先にある冥王星そのものが消えたことになりません。天動説から地動説に移行するような、宇宙観の土台から揺るがすものとは異なりますから。しかし、どこかでその割り切り方に違和感を覚えていることも事実なのです。惑星という名前から切り離されたことにより、自動的に冥王星が忘れ去られてゆくような気がします。

違和感といえば、この街を歩き回る際、よく目的地を見失うことがあります。道や通りは正しくなぞっているのに、肝心の行き先がなくなっていることがありました。おそらくは、場所ではなく時間を間違えているのかもしれません。見慣れない情景やそこを通り過ぎる人と出くわすので、街の重なり合う時間の中にうっかりと入り込んでいるのでしょう。ひとまず、そちらを月沈原と呼んでいますが、私以外にも時間からずれて入り込む人を見かけるので、大袈裟に騒ぐことではないと安心しています。以前も書いたように、そこでトリュフ犬をも見かけました。なにやら、熱心に土を掘り返していましたが。

話は変わりますが、ドイツ語の先生をしてくださる方の所で、日本人の寺田氏という方と知り合いになりました。物理学を研究されている、とても物静かな人です。寡黙とも異なり、筋の通った静けさを馴染んだ服のようにまとっている印象があります。先日、マックス・プランク研究所で扱う太陽系に関する研究を話題に出した時、非常に興味があるとおっしゃっていたので、今度連れ立って見学に行くことになりました。と言っても、私には自然科学の専門知識などなく、絵画における神話との関連イメージしか頭にないので、案内者や同行者と言うよりも、単なるお伴に過ぎないと思いますが。寺田氏は、自分の関心事を修辞を使って並べ立てることはなく、沈黙や短い言葉の中で方向を正確に見出してゆくような方です。その静けさも会話以上に面白いと思われました。いつか、時間が合わさる時にでも、小峰《こみね》さんにもご紹介できれば、と思っています。〉

――野宮が来たそうね。

野宮からメールをもらった日の夜のことだった。晶紀子から唐突にスカイプで連絡が入った。この時もやはり、私たちは暗黙の了解でカメラの目を閉ざしたまま、音声のみで会話を続けることにした。晶紀子は私の同期で、同じ年に修士課程に進んだ。私が途中で一度大学を離れている間、彼女は博士課程に進み、ベルギーのヘントに留学を決めていた。そこで取り組んでいた博士論文は、ほぼ最終段階にたどり着いているそうだ。私が蛇行を繰り返している間に、彼女は今いる場所で根を下ろすことを決めていた。

――澤田からメールがあって、一度連絡をとって確認してみたかっただけ。駅に出迎えに行ったとは書いてあったけれど、それでその後は？　里《さと》美《み》はよく顔を合わせるの？

――……実は、あれから一度も会っていない。

そうでしょうね、と言う晶紀子の声は冷静だった。前置きもなく核心に入り込んでくる話し方は、変わらないままだった。四月に彼女を訪ねる予定が、コロナ感染者の増加により国境が封鎖され叶わなくなった時も、彼女の遠い声は静かに状況を受け入れていた。

晶紀子は、十五世紀ネーデルラントにおける聖遺物《せいいぶつ》容器やその聖性について研究している。聖遺物とは、キリストや聖母、聖人の遺骸や遺品を表す。身体の一部の他に、身体に触れたものにも聖性が宿るとみなされ、カトリックの信仰の中に組み込まれている。それを収めるのが聖遺物容器であり、その中には骨や歯の欠片、髪や衣服の切れ端の他、受難の際に使われた拷問具の断片とされる物までもが含まれていた。中身を通して容器も聖性を帯びるので、それに見合う形と装飾が与えられている。晶紀子は、特にハンス・メムリンクの〈聖ウルスラの聖遺物箱〉を中心に扱っていた。聖堂の形状をした黄金容器の壁面には、精緻な筆致で聖女ウルスラの逸話が描かれている。彼女がこのテーマを選んだのは、震災より後のことだった。

彼女の実家は気仙沼《けせんぬま》市にあり、あの三月の日、家は全て流され、街を包んだ火災にのまれ、何も残らなかった。家族は全員無事だったが、彼女の積み重ねてきた時間は水と火によってほぼ失われてしまった。被害を受けずに済んだ松島の祖父母の許に避難した後も、彼女は家族と家のあった場所に戻って、波と炎にのまれた家を探し回った。しかし、過去の痕跡は他のものと混ざり合ったまま、見出すことはできなかったらしい。その時以来、物への眼差しと繋がりに、晶紀子は執着するように関心を向けていった。

晶紀子がここにいたら、どのように振舞うのか。私は、彼女の行動の軌道を思い描こうとする。その空想も、結局のところ言い訳を基盤に生えてくるものなのだろう。溜息がこぼれて、そのまま本音もあふれだす。

——会いたいとか、会いたくないとか、感情の問題ではないと思う。ただ、どう会い続ければよいのか、全く分からない。

——再会を望む人たちや、帰りを待ち続ける人たちがたくさんいるのに、とも考えて罪悪感が余計に募るのよね。私の場合、今の状況下では会いに行けない、という正論を振りかざして、自分に言い訳ができるけれど、里美の方は近い場所にいるから難しいよね。狡い言い方かもしれないけれど、この閉塞的な状況のおかげで、私は記憶と直接向き合わずに済むから、どこかで安堵している。

——私にとって問題なのは、距離ではなく距離感の方だから。記憶や場所とどれほどの距離を置いてきたのか、と疚しく感じ続けて、野宮に顔を合わせられない。

——複雑すぎるね。そもそも、幽霊との距離感など考えたことがないから。九年も隔たってしまうと、その間の不在の時間をどうやって埋めるかが問題になってくるけれど、野宮にそれを聞くわけにはいかないものね。……お盆が過ぎたら、どうするんだろう。

澤田と同じことを、晶紀子も気にしていた。長く結びついていた土地から離れても、私たちの感覚はそこにまだ繋がったままだった。口慣れした言語に切り替えると、その肌触りや感覚をすぐに身にまとうことができる。同時に、その生々しさのために、慣れた言葉で話すことに躊躇いも感じる。野宮に連絡をとる？　私の舌が滑って投げた問いに、晶紀子の戸惑いが上乗せされる。しばらくすると、彼女の声は再び静けさを取り戻していた。

——……この九年間で、私はまた自分と繋がりのある物を蓄えて、周りに並べて、消された物のことから距離をようやく取れるようになってきた。記憶に対しても、そうかもしれない。野宮と話すことで、もう一度あの時の喪失に向き合えるかどうか。

分からない、と声に出さなかった彼女の言葉が、耳の奥で透明に響く。私は九年前のことで大きな喪失感を味わったが、それは喪失ではなかった。私と晶紀子の違いは、喪失の深度なのだ。あの日から数年経ち、私たちがまだ仙台にいた頃、彼女の独り暮らしの部屋を訪ねたことがある。整然としていたが、奇妙な圧迫感が部屋の空気を重くしていた。よく見れば、ぎっしりと物が秩序正しくあふれていた。空白のない部屋に息苦しさを覚えかけていた私の様子に気づき、晶紀子はひっそりと笑った。ここにあるものだけが、私の記憶の延長となってくれる。本や衣類、食器ばかりではなく、何かの景品から殴り書きしたメモまで、彼女は正しく配置しようとしていた。集められた物は、火と水によって失われた彼女の時間の痕跡を再構成するための断片だった。そのステンドグラス状に配置された物は、彼女の記憶の絵を浮かび上がらせることができたのかどうか、私が知ることはない。しかし、九年越しに野宮と話すことは、彼女にとって過去を、記憶を思い出すことではないのかもしれない。消えた時間の跡を前にした時、おそらくは進行形の記憶喪失に至るのかもしれなかった。

冥王星の噂は表立って囁かれないものの、ゲッティンゲンの住人の間に静かに広まり、いつの間にか巡礼地扱いをされるようになった。週末になると、そこを目指す人が集まって、その場所はいやに賑やかになるのだった。ロックダウンが解除された後、人数制限に関する規則は、戸外ならば緩んできたために、旧設置場所を訪れることは恰好の気分転換の手段とみなされ始めた。普段ならばおかしな悪戯扱いされそうなことも、解放感のせいなのか、関心がそこに向かって引き寄せられてゆく。森の奥に現れた冥王星の惑星模型が、常にそこに在り続けることのない幻像めいたものであるからこそ、神秘性が付与されるようになったのかもしれない。目撃者となるべく、出現の法則性を見出そうとする人も現れ、天候や時間帯の環境条件から、目撃者の共通事項まで分析されてゆくのだった。

それは同時に、このにわか仕立ての巡礼集団と、以前からの森林散策愛好者との対立が深刻化することを意味していた。散策者の主張によれば、彼らは自然との対話を重んじ、街の中では望めない静けさに耳を休め、森の変化に目を配っているとのことだった。一方、冥王星参りが頻繁になるにつれて、アガータも指摘するように、海王星のブロンズ板から南東に広がる森の領域で、マナー知らずの痕跡が目につくようになってきた。丸めたパンの紙袋や空の瓶が転がり、散策路以外にも足を踏み入れ、植物に靴跡を残して潰している。森を荒らす行為に対し、森林散策愛好者たちの不満は膨れ上がり続けていた。人との密集を避けて、散策によって安全圏を確保したのにもかかわらず、それもまた、踏みにじられることに耐えられない。彼らの声も次第に大きくなってゆく。それ故に、元凶である噂の真偽を確かめるべく、森林散策愛好者たちも、冥王星の旧設置場所を目指すことになったらしい。これが、よりややこしい事態を引き起こした。冥王星のブロンズ板を目撃した人たちは、不可思議な状況に驚き、惑星の小径のにわか巡礼者の立場を認めて妥協案を探そうとする。しかし、非目撃者はより頑なに自分たちの立場を主張してやまず、むしろ攻撃の矛先がこの穏健派の方に向けられることになった。結果的に、森林散策愛好者たちの間で内部分裂が生じただけだった。

その一方で、密やかに起こる街の部分的な変容に関しても、囁きが聞こえるようになってきた。東側の森で問題になっているのが空間ならば、西側の街の方では時間に焦点が当てられていた。ゲッティンゲンの街の中で、過去の情景が断片的に立ち現れるようになったのだ。この記憶は、主に建築物と人にまつわるものだった。旧市街内やその周辺の古い建物が集まっている場所では、以前の建物が紛れ込んでも気づかれにくいが、戦後に再建された建物が多い場所や人の集まる駅や広場などでは、遠い時間の向こうに去った建物は、すぐに目につくのだった。それは瞬きの間に消えることもあり、蜃気楼とみなせる範囲内での留まり方をする。街の記憶の現れ方は、その点では冥王星のブロンズ板と似ているのかもしれない。

建物よりも多いのが、過去の人影を目にすることだった。セピア色や白黒の古い写真やフィルムに眠る人物が、現れては通り過ぎてゆく。そこには日本のお盆のような、血縁者のもとに死者が現れる信仰の眼差しは見られない。現在の情景に、通り過ぎてゆく者たちだけが、水面に結ぶ像のようにたゆたい消えるのだった。こちらの噂は大仰に騒ぎ立てることも、口から口へと渡される会話の中で膨らんでゆくこともない。過去からの漂流者を特定せず、静かにすれ違って消えるにまかせた。幽霊を迎える習慣のない土地では、記憶の訪問の扱い方が異なるのかもしれない。大きな戦争を挟んでたくさんの人が消えた場所では、故人との再会を期待する方も時間の奥へ消えていったのだろう。多重露光の写真のように、街は自分自身に記憶を投影している。それはただ、逃げ水のように薄められた記憶の断片とも映る。ゲッティンゲンは、幾重にも重ねられた時間に目を向け、深い回想に沈み込んでいる。おそらく野宮の言う月沈原もまた、この重ねられた過去の断片の時間のひとつを指しているのかもしれなかった。

夏が白く灼けてくると、街は焙られて奇妙な光沢を帯びるようになった。漆喰や石の壁は、汗に濡れた顔をさらして、妙に人間的な明るさにまみれていた。それに加えて、どこからか煙の匂いが重たく漂っている。何かが燃える匂いと見えない火の気配。実際には火事など一度も起こらず、これもまた場所の記憶の一部なのかと思われた。この匂いが暑さをより重たくするために、頭痛に苦しめられる羽目になる。それを理由に、私は部屋からほぼ出なくなり、机の前で捗らない論文と向き合いつつ、窓で区切られた光景を眺める時間が続いた。アガータも口を閉ざし、以前のように森の環境問題について話題に載せることもなくなった。散歩の際、トリュフ犬が何かを見つける度に、彼女の声は吸い取られてゆくようだった。重たい静けさに家は満たされ、トリュフ犬の爪がかちゃかちゃと床とこすれる音だけが、淀んだ空気をかき回している。

後日、再びウルスラから連絡が入った。来る木曜日の夕方五時半に夕食会を開くから来てほしい、とのことだった。森の散策とトリュフ犬の発掘の件に関するお礼も含めて、アガータと彼女の犬も招待されているらしい。さらに続くウルスラのメッセージをみて、私は驚きのあまり戸惑う。他に客人二人も招待しているが、寺田と野宮という名の日本人であると書かれていた。二人は、ウルスラの家に週二回ドイツ語の会話練習に来ているとのこと。野宮は私の知り合いだそうだから丁度良い、と招待状はしめられていた。

ゲッティンゲンは学術都市なので国際的に開かれているが、街の規模は大きくはない。蝶の羽ばたきを知り合いがすぐに捉えて動き出すほど、人の関係の連なりをたどってゆけば耳に入ってしまう。それでも、ウルスラの星座的な人間関係は、あまりにも広範囲で複雑すぎた。野宮が到着してからこの短期間で、それも他人と会うことが難しい時期に知り合いとなるのは、ウルスラにしかできないことだろう。私が記憶と向き合うのをぐずぐずと迷っている間に、彼女はすでに点と点を繋ぎ合わせてしまっていた。結果的に、私の躊躇いは外側から払拭されることになった。もう一度読み直した時、「寺田」という名前に、私の既視感は身じろぎをする。この名前に見覚えがあるのも当然で、野宮のメールにも何回か登場していたことを思い出した。私には、ウルスラの星座図を正しく捉えるのは無理なようだった。その時、ウルスラから追加の知らせが届いた。今回は貝の晩餐会を開くので、何か持ち寄ってくれるのならば、貝や貝型にまつわるものが良いとのことだった。

私の目の奥に仕舞い込まれている海の断片が、貝という言葉に反応して、視界の隅で静かに瞬き始めた。

目の奥に幾つも重ねられてきた海の断片が、滲み合って奇妙な印象を作り上げている。場所の印象は、現実の光景のみならず誰かの言葉や眼差しによっても生まれてくる。しかし、その奥深く、さまざまな印象が重なる下には、自分の目で見た海の断片があった。

私の海の記憶は、子供の頃の柔らかな印象の中にくるまれていた。岩沼の二ノ倉海岸と、そのそばの市民プール。そこから印象の糸は紡がれ始める。毎夏、両親は車で時間をかけて、身体の弱かった妹と私を連れてきてくれた。海の水は身体にいいから丈夫になる。夏の遠出の度に、その言葉は繰り返され、耳に跡を残している。大概は、プールで泳いだ後に海岸へ向かうという流れだった。揺らめく水の面の下に滑りこめば、奥まで透るように光が模様を浮かび上がらせる。海から引いてきたとされる水は潮の味で、それは小学校や家の近くの市民プールとは異なる香りと舌触りを湛えていた。小さな青い水槽の海の中、誰もがつかの間色とりどりの魚となる。プールの底に白く描かれた蛸や海豚《いるか》などの海生動物が足を摑むのでは、と空想に脅かされると、慌てて水面を目指す。海水にふやけた後、気怠い身体を陽の光にさらして、時間が足音をたてずに通り過ぎるのを見送っていた。午後も遅くなってプールから引き揚げた後、松の林に縁どられた海岸から海を眺めた。プールの中に収まっていた水の大人しやかな透明さとは異なり、淡く濃く青をひらめかせ海は声を上げ続ける。水平線は空の奥に吸い込まれ、遠近法の消失点は鮮やかな陽射しのもとで、かすんで見えなくなる。蜃気楼のようなその一点を探し、私は海の向こうという言葉に身をゆだねてみるが、その言葉自体が遠く感覚的につかめずにいた。それでも言葉の持つ静かな透明さを思い描き、透明の向こうに隠れている鮮やかな見知らぬ場所を想いながら、身体に残る水の律動と耳に留まる潮の遠い騒めきに揺られて、疲れた子供の身体は車の中で丸くなり眠りの中にあった。瞼の裏には青の残像が留まり、ぼんやり揺らめいていた。

　やがて私の中にある海は、絵画を幾重にも重ね、新たな印象を生み出してゆく。ボッティチェリのウェヌスを生み出した淡い翠の水の襞。カスパー・ダヴィッド・フリードリヒの孤絶した氷海や、彷徨い人を無表情に眺める青黒い塊。印象派の描く光と色彩の断片の表情を音楽的に表した海。カナレットの描く鮮やかなヴェネツィアの街と結びついた海。そして、アルトドルファーの〈アレクサンダー大王の戦い〉の空と対峙する青の静謐な眼差し。そこには、野宮の語った海の印象も重なる。夜明け前や日没後の静かな時間。時折見せる青の対話。色彩が流れ過ぎる空を映す鏡となりつつも、その下では潮流の大きな力が渦巻いている。

しかし、この層をなす印象もまた、あの三月の海にのみ込まれて消されていった。私自身には暴力的な水の記憶はない。私もまた、海が全てを破壊するさまを映像を通して目にしたひとりだった。テレビやインターネットの動画で繰り返される破壊の情景。目にするその度に、重量を増した灰色と白、黒の塊は街を突き進み、抱え込んだもので重くなった姿のまま、また新たな塊となって押し寄せていた。その中に、見ることのない野宮の最後の瞬間を、私の目は重ねているだけだった。

　目が吸い取った痛みの光景、絵に表すことのできない白く穿たれた時間と場所の穴が、全ての印象の上に覆いかぶさっている。写真や動画がもたらした情景と、私の中の海の印象は繋がらないままだ。子供の頃に訪れたあのプールも、今では跡形も残っていない。松林も海の暴力に痛めつけられた。それを目にした後、かつて訪れたことのある場所は、細かい記憶の断片に引き裂かれ、ただ静まり返った眼差しを返してくる。その静けさは、言葉の煮詰まりすぎた沈黙なのだ。死者の断絶させられた言葉と、生者の行くあてを失った言葉が、記憶の中の声たちと共に留まり続けている。

　間接的な視点しか持たない言葉を、私は野宮に向けることを恐れている。ゲッティンゲンでも、彼はあの断絶の日について語ることはない。そして私も尋ねることはしない。言語化しない理由は、私が生きていて、彼がすでに死んでいるからではない。私が海に対しても原発に対しても、間接的な視点や距離感しか持っていないからなのだ。私の視点は、常に額縁の外に置かれている。額縁の外から、画面の中にある削られた場所と常態を取り戻す海を眺めているにすぎないのだ。

貝の晩餐会の当日、私はアガータよりも早く家を出た。午前中、二人で食事会用に貝型のマドレーヌを焼いた。ドイツでは貝は高く、この街の「北海」という名の新鮮な魚介類を扱う店でも、あまり見かけることはない。まれに生の帆立が置いてあっても、氷の上で柔らかく寝そべっているそれは、簡単に手が出せるような値段ではなかった。そこで、台所の棚の奥に押し込まれていた焼き型を引っぱりだした。貝の形にふくれた焼き菓子は、昼過ぎには机の上で積み重なって冷めて落ち着くのを待っていた。味見と称して、紅茶と共にひとつ口にしてみたが、私の記憶は揺さぶられず、何にも繋がらず、ぼんやり眠ったままだった。貝型菓子の香りの甘やかさに、皮肉の刺が香辛料のふりをして紛れ込んでいる。

貝の晩餐会に関して、あれから野宮との間で数回メッセージを交わして連絡をとるようになった。ウルスラが設けてくれた機会が、私たちの間に言葉をかけ渡してくれたのだ。いまだに映像や声を用いて会話はしていないものの、それでもメッセージとして言葉がつらつらと静かに模様をなしてゆくことに安堵していた。空間的な距離をおくことに慣れたこの時期において、私たちは時間的な距離をひとまず保留にして、足を進めてゆくことにしたようなものだ。野宮からもらったメッセージの中に、あれ以降も寺田という名前を何度も見かけた。そして、奇妙なことに彼の言葉を読んでゆく度に、私は時間的な齟齬があるような感覚が拭えずにいる。彼が幽霊だから、というような単純な理由によるものではなく、言葉の隙間から再現される街の情景の方が幽霊のように思われたからだ。野宮はよく寺田氏と散策をしたり、彼の下宿先にも訪ねていったらしい。そこで他の日本人留学生や、下宿先の女優や学生、教師、法律関係者とも知り合い、順調にリズムを作り上げているのがうかがえる。最近は、寺田氏と連れ立って、『リア王』を観に劇場へ行ったとのことだった。しかし、このセピアの写真のような既視感と未視感は何なのか。野宮の街巡りは、常に誰かの回想の中から引きだされたような違和感を拭えなかった。

野宮からの奇妙な連絡について考えながら、家を出た私は遠回りをして土星へ向かっていた。ウルスラの家に真っ直ぐ行こうと考えていたものの、約束した時間よりも二時間も前に家を出てしまい、重たい陽射しの中を通り抜けて、大通りから枝分かれしてゆく小さな路地にまで足に方向を決めさせて歩いていた。土星のそばのテアター通りへ向かう途中に、陽射しを満面に受けたアルバーニ広場を通り過ぎる。陽射しに地面が焦げ付くのか、奇妙に煙を思わせる匂いを鼻は感じ取っていた。最近、この近辺にうるさく漂っていた煙の気配の正体だった。一九三三年の五月、この広場でナチスの指示のもと焚書が行われた。石を積み上げた壁には、小さな碑が掛けられている。「書を焼く者は、やがて人をも焼く」。刻まれたハインリヒ・ハイネの言葉は、陽射しに表情を崩すこともないまま、黒く重く沈黙していた。

街を歩く度に、時間の重なりを目は捉えるようになる。目を引くのは、やはり戦争の痕だった。ゲッティンゲンは、ドイツの大都市を繋ぐ輸送の要として、鉄道や駅周辺にあった工場を中心に、八度の空襲に遭った。そのうち二度の空爆によって、旧市街もまた、幾つもの通りの古い建物が破壊され、そこに住む人の命が奪われた。その時間の断片は、今も不発弾の発見という形で浮かび上がる。例えば二〇一〇年、駅の北西に位置するシュッツェン広場で発見された不発弾が、処理作業中に爆発し、作業員三人が命を落とした。六月の長い昼を引き延ばした夜、旧市街に住んでいたウルスラやバルバラは、その爆発音を耳にしたと語っていた。明るい灰色の空を打つ激しい破裂音と、その後に連なるサイレンの騒めき。冷たく不穏な過去の声は、いまだに茸のごとく深い地中から現れる。

そして、他の街と同じく、蹂躙された多くの人の記憶も抱えている。シナゴーグの襲撃やユダヤ人の連行と収容所送り。それらの時間や記憶をも、碑やオブジェで声を目で見られるようにしている。街の規模は大きくないが、そこにはたくさんの碑が埋め込まれている。場所にひそむ重い影の時代。記憶の視覚化を通して、そしてそれを繋ぎ合わせて、この場所もまた死者の声を浮かび上がらせようとしていた。

街を眺める時、かつての場所が淡い影のようにひっそり過る。そこでは津波の危険を訴える碑、犠牲者を出した学校跡など、海の暴力の記憶が形として残されることになった。しかし、あの時間の向こうに消えた人々の記憶を、どのように抱えてゆけばよいのだろうか。名前が擦り切れるまで、記憶の中でなぞるしかないのか。野宮のように還れない人たちをたくさん抱えた海は、その名前を背負うことはしない。それを負うのは、いつも人の記憶である。海に消えた死者の帰郷のために、九年経っても静かに途切れることなく探索は続けられている。

街の年輪状の記憶の中に、黒く苦いものが潜むことを知りつつも、私はゲッティンゲンの印象に深く惹かれていた。足がなぞる入り組んだ小路や行き止まり、こぼれ出す緑、陽射しが織りなす様々な影の移ろい。焦点を合わせずにある場所を歩き、視界を風景が流れてゆくと、街や場所の肖像画がふと浮かび上がってくる。足でしか理解できない顔立ちを見出してゆく度に、やがて時間と共にそれらがどのように変化するのかを目は探るようになっていった。記憶や時間の層に埋もれてきた幾多もの顔が、結ばれては解けてゆく。そこには、月沈原と呼ばれた時間も含まれて、街はそれを瞬きのように映し出す。

幾つもの時間の肖像を目で追いながら、足は進み続け、赤い木枠が幾何学模様をなす白い漆喰塗りの建物にたどり着く。十五世紀から残るユンカーシェンケ。貴族の酒場と今は呼ばれる建物は、市民の家から空き家へ、金物からワインの商いの場へと、長い時間の中で所有者と共に顔を変えていった。この伝統的な木造の家もまた、一九四五年三月の空襲で大きな被害を受けた。時間をかけて修復され、かつての姿を取り戻している。壁には色付きの木彫装飾が施されており、小さな円形の肖像画から幾つもの顔が覗き込んでいた。遠い時間の丸窓からの眼差しに交じって、七人の惑星神も姿を見せている。地球を除いた水星から土星までの惑星に、太陽と月も加えられた星辰の世界の神々。偶然にも、天動説に則った七つの惑星は、旧市街内に綺麗に収まっている。剣や笏、弓矢など彼らが大事に抱える物は、伝統的な象徴に従っていた。ここでも持物《アトリビュート》が彼らを匿名から守り、名前を浮き彫りにしている。

午後五時半にウルスラの所で、との約束を脳裏に貼り付けたまま、私は旧市街を彷徨っていたらしい。気がつけば、木星のブロンズ板の近くまで来ていた。私の移動は、街でいちばん古い菓子店の飾り窓の前で止められた。そこを覗いて、バウムクーヘンの細やかな円周に気を取られる。丹念な円を重ねたそれは、樹木の年輪のみならず、星の回転運動や惑星の軌道を密かに表しているのだろうか。円環状のケーキは幾つも積み上げられ、飾り窓で回ることなく固定されたまま、通行人の視線に硝子越しに撫でられるがままになっている。私はケーキ状の惑星の軌道模型から目を逸らし、ウルスラの家へと向かった。

扉が開くと、ウルスラは挨拶もそこそこに台所へ戻ってしまった。居間では、男性がひとり窓際の椅子に落ち着いている。口元を隠した紅茶茶碗を音なく置くと、こちらに向かって静かに会釈をしてきた。さらにテーブルには食べかけの木星トルテと茶色い粉の模様、チーズクリームの跡が残るフォークの載った皿が不在の席に置かれている。椅子は中座した者の動きを仄めかすような引かれ方をしており、それを注視しているうちに野宮が部屋の入り口から姿を見せた。そして、笑顔で窓際の男性と私を引き合わせる。やはり「寺田氏」だった。七月初めと比較すると、野宮は色彩と厚みが増したように思われた。しかし、それは私の彼を幽霊とみなす眼差しが、そのような比較をもたらすのかもしれなかった。

開け放った窓から、子供の歓声と歌うような言葉が流れ込む。白くて明るい夏の時間は、彼らの帰宅を遅くする。おそらく、その声の集団の中に、アグネスは交ざっていないのだろう。彼女は今日も、バルバラと透明な場所に籠っているのかもしれない。その時、アガータとトリュフ犬も到着した。互いに挨拶を交わした後、野宮が犬の名前を尋ねる。「トリュフの話は聞いたのですが、名前の方は素通りされたので」アガータは笑い出すと、ヘクトーと名を告げた。すると、寺田氏が目元を和ませて犬の頭を撫でた。ウルスラも入ってきて、空気は跳ね上がるように賑やかになり、その勢いのまま食卓に皿を並べ、グラスやパン籠を運び、並びを気にすることなく席に着く。

ウルスラが用意したのは、大量のムール貝の白ワイン蒸しだった。貝の味が溶け込んだスープに固く焼いたバゲットを浸して食べた。味に飽きてきたら、とスープに落とすサワークリームやみじん切りの葱やパセリなども用意されている。色が花開くように、久しぶりの海の味と香りは口から喉に広がっていった。「ボッティチェリのウェヌスが誕生しそうなくらいの美味しさです」と野宮が真顔で言えば、ウルスラもアガータも笑い声を上げた。「あの絵の中で、ウェヌスが立っているのは帆立貝だけれど、ドイツ語で帆立貝は〈聖ヤコブの貝〉で、浅蜊《あさり》が〈ウェヌスの貝〉と呼ばれているのよ」ウルスラの解説が入ると、野宮は面白がり、「浅蜊では足元が不安定ですよね」と頷いていた。「浅蜊?」とアガータが首を傾げたので、寺田氏は手帳を取り出し、万年筆の丁寧な線で貝の形状を表し、そこに言葉もさらさら付け加えて説明している。伸びやかな雰囲気に舌が軽くなった私も、浅蜊の殻はこの貝よりは大きい、と野宮が持参したサラダの中の貝殻パスタを指してみせた。

野宮と寺田氏は、ウルスラの家の食卓や部屋に馴染んでいるように見えた。野宮は綺麗にアイロンのかかった青い夏のシャツを身に着けていたが、寺田氏の方は暑くはないのか硬く白いシャツに黒っぽい上着を羽織っていた。鼻の下に髭を蓄え、細く開かれた目は静かで穏やかに見通すような眼差しを見せている。礼儀正しい佇まいは伸びやかな樹木の印象を彼に与えるが、猫背のためなのかいくぶん小柄に見えた。

食後には、マドレーヌと寺田氏が持ってきた白ワインが食卓の上に並べられた。ワインのラベルには貝の標がついている。ウルスラは、蟬や鳥のように自分のリズムに乗って喋るような人ではないが、会話の流れを上手く渡って、いつも向こう岸に難なくたどり着くことができる。川の底に沈む尖った岩や、流れの急なところを察知し、会話を安全な箇所にさりげなく導くのだった。アガータが、寺田氏と野宮の出身地を尋ね、さらに詳しく過去に足を踏み入れようとした時、ウルスラはそっとアガータの言葉の向きを変えた。ウルスラは何か気づいているのだろうか。彼女にもアガータにもまだ、野宮のことは説明していない。今日も貝型菓子作りの段階で、私はアガータに何度か話そうとも考えた。野宮の時間の断絶のことを。しかし、オーブンの中で狐色に膨らんでゆく菓子を眺めているうちに、逆に私の言葉と気持ちは萎んでしまい、何ひとつ説明することができずじまいだった。

ウルスラは、アガータに最近の森林散策について尋ねる。トリュフ犬の発掘に関して何も知らない野宮と寺田氏に、海王星付近の森で隕石茸の代わりに見つけた物を説明し、そして二人の興味を掻き立てられた様子に合わせて言葉を差し出す。よろしければ、見てみますか？

連なって立ち上がる私たちに気づくと、トリュフ犬も目を覚まし後をついてくる。彼も自分の食事を終えると、人の多さにのぼせることもなく、満腹感のもたらす眠りに沈み込んでいた。廊下を出て洗面所と向かい合う扉の前に立ち、ウルスラが灯りのスイッチに手を伸ばす。それより前に、扉の隙間からトリュフ犬がするりと入り込み、暗闇に溶け込んでいった。

部屋は、小さな美術館の展示室の趣きを醸し出していた。壁を一周する棚から本は姿を消し、代わりにトリュフ犬の発掘物が置かれている。書斎として使われていた部屋の変わり様よりも、奇妙な拾い物がこれほどまでに集まったことの方に驚きが強かった。

トリュフ犬は森に入り込む度に、以前よりもさらに場所にそぐわない物を見つけ出すことに長けてきた。それを拾って持ち帰るのが、アガータの役割であった。時には、ウルスラも森の散策に参加したり、アガータの代わりにトリュフ犬を散歩に連れてゆくこともある。森の発掘物をウルスラが全て引き取り、この部屋で管理している。おそらく、この状態に最も驚いたのはアガータだろう。彼女は、ウルスラの意図をよく理解していなかった。森林環境を守る行為と思い込んでいたのかもしれない。

特に気負った様子も見せず、ウルスラは展覧会の案内者のように、棚に置かれているものを次々に示していった。パンの焼き型、古びた薔薇の造花、玩具の矢、香水瓶、鍵、木製の杖、革製の表紙の本。彼女の指と声の向きに合わせて、私たちは黙って視線を動かし耳を傾ける。よく見れば、中には木彫りの身体の一部も混ざっていた。腕や歯、足や爪などが、樹脂加工品のように断面は滑らかに、もぎ取られた身体の部品でありながらも完結した一部となっている。

一通りの説明が終わっても、結局はこの部屋の意味は浮かび上がってこない。がらくた置き場と言うには、あまりにも濃厚なこの気配。たくさんの用途不明な物で彼女の本棚は埋まってしまい、行き場を失くした書物は不貞腐れて床の上や寝室、台所、居間など場所を問わずに小山を作りあげていた。大量の書物が追われて、むき出しになった白壁は、仮面を剝がされたばかりの誰でもない顔を思わせる。その居心地の悪さに耐えつつ、ウルスラの話に耳を傾けていると、目的は蒐集ではなく返却にあることがようやく理解できた。これらの物の引き取り手も名乗り上げているらしい。すでに「木曜人」のうちの数名には、この拾得物を返したとのことだった。

「返したって」とアガータは驚く。

「森の中からヘクトーが見つけた単なるごみでしょう？　誰がそんなものを欲しがるの？」

「ルチアとカタリナが前にここに来た時、あなたからもらった画像を見せてくれた。ちょうどその時訪ねてきた人も一緒に見ていたんだけれど、その中に写り込んでいた物にとても関心を示していたんだよ。初めてトリュフ犬の拾得物を回収した時、その人から連絡があって引き取りたいと言っていたんだよね。そこから話が広がって、私が引き渡し役をすることになっただけ。もちろん、皆が皆そうではないよ。この中から引っかかる物を見つけても、引き取りを拒絶する人もいれば、何度も迷った挙句に持ち帰る人もいる。逆に、引き取っても、辛いからと戻しに来る人もいる。だから、本人の自由。いつまでこれが続くか分からないけれど、私は特に押しつける気もないし、本を置くスペースが戻ればよい、くらいの気持ちでいる」

アガータは混乱の色を浮かべたまま、棚から棚へ目を向けてゆくが、その度に森の拾得物の視線に弾かれては、落ち着きが欠片となってこぼれ落ちてゆく。アガータの感じる居心地の悪さを、私の皮膚もまたざわざわと不穏に訴えていた。部屋中にほぼ隙間なく並べられた断片たち。それは場所に馴染まず、部屋の主を表すひとつの印象を作り出すことをしない。蒐集された物は、それぞれが誰かの時間や記憶を表すために、一枚の絵を完成させる断片にはなりえないのだ。その息苦しいほどの濃密な気配が、眼差しとなって突き刺さる。ここは、晶紀子の部屋にも似ている。記憶は、もう一つの部屋を二重写しにしていた。

「この中には何か、あなた自身のものも含まれているのですか？」

静かで平坦な声が、思いがけなく寺田氏の口から飛び出した。それまで、棚に置かれているものを精緻な眼差しで眺めており、アガータとウルスラのやり取りから距離を置くように佇んでいた。ウルスラもまた寺田氏の表情を映したかのように、眼差しがより静かなものになる。彼女は扉に近づき、その裏のコート掛けにぶら下がるものを、私たちに広げてみせた。白と灰色、明るい淡黄色の混ざった袖なしマント。首元で結ぶ長いケープのようなものである。これが私の記憶に引っかかっていた物。ウルスラの淡い声に、古めかしいマントがゆらりと揺れた。

蒐集部屋から出た後、貝の晩餐会はバランスを崩したまま、有耶無耶な形で終わった。家を出る時、私たちの言葉は口の中に籠るようだったが、寺田氏だけは静かに通る声で礼を述べていた。私たちはトリュフ犬と一緒に、旧市街を取り巻く市壁跡を反時計回りに一周することにした。すでに夜の九時半過ぎながら、仄かに明るさは空に留まり、それは街にも青く光の名残りをもたらしている。樹木を通して街の姿が垣間見える。日没の時間は少しずつ早くなっており、空気の滑らかさは季節の転換点が近づいていることを皮膚に訴えていた。トリュフ犬の尾は白が勝っているために、薄暗くなり始めた宵の中でも明るく残光を留めている。彼がそれを振る度に、箒星のイメージが宵闇に刻まれては消えてゆく。それを目印に私たちは、静かに灯りがついてゆくさまを、樹木の隙間から眺めては通り過ぎてゆく。私たちはほとんど会話をすることなく、宵の空気を味わうばかりだった。言葉の代わりに揃った足取りが、街の外郭をなぞり方向を決めている。市壁跡のどの辺りに土星の縮尺模型があるのか、ふいに野宮が尋ねてきた。寺田氏の怪訝そうな様子を察して、野宮とアガータがそれぞれに惑星の小径について言葉を並べていった。話に耳を傾けるこの静かな人は、街の中に組み込まれた太陽系について知らないようだった。しかし、彼もまた関心を示して、土星のブロンズ板を見ることに落ち着いた熱心さを見せ始めた。

その間に、トリュフ犬は何かを見つけたのか土に鼻を押しつけ、前脚で熱心に引っ掻いていた。その熱心さの温度が増して、足の動きは速くなり、彼は全身を使って土を引っくり返し始めた。いつの間にか、森の中には夜が下りてきている。街の灯りは遠くなり、その代わりに丸みを帯びた月の白い光が、影を薄くも濃くもする。夜の折り重なった森の影絵の中では、土は鮮やかに冷たい香りを放つ。それは、黒い隕石のような茸の放つ香りではない。誰かの記憶の断片であり、解けてゆく時間の放つ呼気なのだろう。私たちは夜闇の中で、樹木のシルエットを真似て佇んでいた。空気に触れて弾ける冷たい時間の香りにも反応せず、黙ってトリュフ犬の発掘に視線を向けるだけだ。土の中から、柔らかに白く浮かび上がるものが顔を出す。貝殻だ、と樹木の誰かが驚く。帆立貝の殻だった。

アガータだけは驚きもせずに、トリュフ犬が引き続き土と戯れているのを静かに眺めていた。最近、この犬は貝殻を掘り出してばかりいる。彼女の声は平板で、夜の中に、土の香りと共に溶け込んでゆく。化石かと思いきや、見つけ出すのは帆立貝の殻だけだそうだ。犬だけが知る森の秘密は、彼女には負い切れないほどまで膨れ上がっていた。それを見届けるアガータの中で、驚きは重たい疲労感へと形を変えて降り積もるのだった。

トリュフ犬は再び土を引っ掻き、やがて土の中に眠る帆立貝の殻を幾つも引きずり出した。それは月の淡い光に濡れて、仄白く控えめな光を内に秘めていた。野宮はそれを黙って手にとり、指先を溝に沿って走らせる。聖ヤコブの持物は帆立貝なんですよね。野宮の問いに私は頷く。帆立と言えば、と野宮の言葉は静かに続けられる。以前はよく食べていました。家族で何かお祝いがあると、母親が新鮮な魚介を捌《さば》ききれないほど買ってきて、大騒ぎしながら皆で平らげていましたから。帆立は大好きで、生でも焼いてもよく食べていたな。それは近くの海で育てられたものという感覚でしかなく、殻は捨てるだけで意味を求めたことはなかったんですが。物の意味は無数にあることを私は思い出す。帆立貝は、野宮にとって彼の場所に続く道標なのかもしれない。聖ヤコブの象徴も、別の文脈では野宮の海の記憶を手繰り寄せる。漁港の賑わいや鮮やかな生活の色、香ばしく焼ける匂い、彼の家族の声、そして海。次々に出てきた貝殻に、トリュフ犬は見向きもしない。彼はただ見つけ出すのだろう。忘れていた部分を。これだけあれば、巡礼に何度でも行けそうですね。あまりの多さに野宮は笑い声を上げた。

トリュフ犬がいれば、と考える。海から戻ることのない野宮の身体を見つけることはできるのだろうか。彼の身体が埋もれている場所を、その記憶の痕に敏《さと》い鼻で見出してくれるかもしれない。貝があれば通行手形となるヤコブの道の巡礼と同じく、彼も定まった場所へと向かうことができるはずだ、と取り留めもなく思いを巡らす。彼がゲッティンゲンを訪れたのは、巡礼の道筋をたどるようなものなのだろうか。彼がいつの日か海から還る時があるのか、お盆の時期に石巻に、そして仙台に帰ることがあるのか、それを問うことなどできないだろう。制約のある言葉や躊躇いの分だけ、私の中に重い白が生まれる。私は残された者と言えるほど、きっちりと言葉に表せる彼との関係を持っていなかった。そのために、泣いて内側を空にして、もう一度記憶で満たすこともできない。毎年巡ってくる三月を除いた時間の中で、私は平然と野宮のことを忘れているのだ。ただ、感情に折り合いの付けられるほど記憶も共有しておらず、九年後に現れた知人への感情の行方や態度を、うまく肌になじませずにいる。そして、野宮もそれには気づいているのだろう。

市壁跡の途切れた場所に来ると、大通りの喧騒が眩しく目と耳を刺す。色彩も音も溢れているのに、どこか深く穿たれた穴の中と感じられた。森の中の濃厚な現実感はここで途切れている。円環状の森に重なる細い道、旧市街に重ねられた土星の環から外れて、ここで三方向に解散となった。アガータと私はトリュフ犬を連れて土星の方向に、寺田氏は天王星の方に、そして、野宮は冥王星の回るさらに遠く暗いところへ。

寺田氏が住んでいるのは、プランク通り十八番ということだった。市壁跡の散策中に連絡先を聞いたところ、彼が伝えてきたのは下宿先の住所だった。携帯電話を持たず、メールも使用していない。距離と時間の短縮となる連絡手段を持たないことに、野宮もアガータも特に気に留めていないようだった。しかし、私の中では、時間の遠近感に歪みが生じて、そのずれが歯痛のように疼き出した。

寺田氏の住む通りの近くには、アイヒェンドルフという作家の名前を冠した小さな広場があり、そこに天王星のブロンズ板が設置されていた。天王星の縮尺軌道圏内に彼は住んでいたのだ。しかし、彼はその模型を目にしたことがないと言う。「時差」のせいかもしれませんね。さらりと答える野宮よりも、遠い時間にこの人は生きているのかもしれなかった。

貝の晩餐会から数日後、部屋の本棚を片付けていた時、ようやく野宮がゲッティンゲンを訪ねた理由に思い当たった。この場所は、寺田寅彦の過ごした月沈原の記憶を重ねている。彼はドイツ留学中、ベルリンでの研究滞在の後に、一九一〇年十月から一一年二月にかけて、四か月間ほどゲッティンゲンに滞在していた。日本の家族や友人に当てられた書簡には、十月から月沈原という言葉がそっと姿を現すようになる。師である夏目漱石に向けて、「ゲッチンゲンから」というスケッチ風の書簡が綴られていた。そこに、過剰な装飾性や膨らみ過ぎた幻想は見られない。降誕祭から年末までの時間が静かに紡がれて、小さく柔らかで面白味のあるタッチで描かれた墨色のペン画を思わせるものとなっていた。

野宮がこの街への憧れを温めていた背景のひとつに、寺田寅彦のいた場所であるという事実もあったのだろう。野宮は、寺田寅彦の随筆を繰り返し読んでいた。科学的な視点と芸術的な視点のどちらかに偏重することはなく、根を同じものとして扱う眼差しを好んで文字を追い続けた。清澄な言葉で語られる一文一文を味わい、それを自分の奥に留めておこうとしていた。野宮は自分が見出したものについて語らなかったが、本は彼の想いの痕跡を深く残していた。震災後、研究室に置き去りにされていた野宮の本が見つかった。岩波文庫の『寺田寅彦随筆集　第一巻』。結晶のような言葉に線を引き、それを自らに刻み付けようとして繰り返しなぞった痕が、開き癖のついた本に現れていた。

あの日から二年ほど経った後、私も寺田寅彦の作品を読み始めた。水の面が落ち着くのを待って手を差し伸べ、水鏡の断片をすくい取る。その静かな手つきを思わせる文章だった。自然災害、特に地震考に見られる観察と分析に基づく透徹した眼差しや、専門知識で汲み上げようとする問題の取り組み方に触れる度に、あの日の記憶は小さく揺さぶられ続ける。同時にそれは、災害に相対する人間を見据える眼差しでもあった。時間を貫くその声は、信頼できる遠近法に則って、遠くまで道標を作り上げていた。

私の持つ本もまた、野宮が持っていたような具合に口を開けたまま、何かを告げようとしている。その本は、いつの間にか誰かの手を真似た幽霊のような姿をとるようになっていた。

記憶の中に埋もれていた透明な声を、身体の方が思い出そうとしていた。

ある朝、目が覚めると、背中に歯が生えていることに気づいた。寝間着の布地が身体の下で、奇妙に掠れた音を立てる。それと共にむず痒さを覚えて、襟元から手を差し入れ、指で背の皮膚を撫で回していると、爪がこつ、と何か硬いものを探り当てる。傷跡を覆う瘡蓋《かさぶた》とは異なり、その表面はさらさらと滑らかに指を弾いた。その感触の薄気味悪さに、私は起き上がり、改めて襟元から、次に寝間着の裾から、指先を慎重に小刻みに動かしてゆき、ついには寝間着を脱ぎ捨てて、鏡に背を映して首をねじって、その正体を捉えようとした。背中に白く小さな粒が、幾つか鱗のように貼りついている。それは、歯の姿をとっていた。カーテンを開けて、もう一度確かめようとしたが、ぼんやりとした曇り空は、歯の位置を示すくらいの朝の光しかもたらさない。白く薄笑いのように光る歯は五つほど皮膚の上に点在し、その間を線でつないで眼差しでなぞってみる。無意識のうちに、それを星座的に読み取ろうとしていた。痛みはないが簡単には剝がれそうにないので、私は着替えてそのまま放っておこうと考えた。

しかし、しばらくすると、伸びた髪の先が歯に引っかかるようになった。そのために、背中へ意識を回さずにいるのは難しくなる。手がいつの間にか背まで這ってゆき、指でその部分を何度もなでる。歯が髪の毛に嚙みついては、頭を後に引っ張ってくる。その度に髪を外そうとするが、たまに深く絡みついて解くことができない。背中にボタンが並ぶ服のようなものと思えばやり過ごせる気がしたものの、この場合イメージは何の助けにもならなかった。あまりの煩わしさに病院に行くことを思いついたが、皮膚科か歯科か、最初の選択肢で躓《つまず》くことになった。

そこで手っ取り早く、アガータに頼ることにした。事情を話し、服の裾をめくり上げて背中を見せると、彼女は急に深い沈黙の穴に落ち込んでしまった。悲鳴でもあげるかと思いきや、落ち着いた口調ですぐに、大した症状ではない、と言い切った。口ではなく歯だけなので、症状は非常に軽い。唇も口腔も出来上がっておらず、前歯が三枚と生えかけの犬歯が二つ皮膚に貼りついているだけとのことだった。歯だけなのでまだ自己主張することもないはずだし、ただ抜けばいいでしょう。奥歯じゃなくてよかった。アガータの奇妙な前向きさに、私は急にひどく混乱した。「何故、奥歯は駄目なの？」「奥歯が生えたら、口も出来上がるってことじゃない」間髪を入れずに返された理屈は、妙に説得力にあふれていた。とりあえず抜かなくては、とアガータは呟くと、浴室や台所へ素早く向かい、すぐにピンセットや食事用のナイフ、スプーンなどを持ってきた。がちゃがちゃと銀色に騒めくそれらを机の上に置く。鉗子代わりの道具を、歯と皮膚との間にあてがっては、この二つの間のわずかな隙間に合うものを確かめていた。最終的に彼女が選んだのは、小さなデザート用のスプーンだった。背中の歯の下に差し込まれて、金属の冷たさが一瞬だけ燃え上がっては消える。アガータは小さく手首をくいっと捻り、梃子《てこ》のように匙を扱う。ささやかな抵抗感もなく、呆気ないほど歯は皮膚から抜け落ちた。歯が皮膚に食い込んでいる部分もあるね、ほら、ここ。痛いんじゃない？　アガータは歯を立て続けに抜くと、紅茶茶碗の受け皿に軽い石の音をたてて載せ、こちらに突き出した。血に濡れている様子もなく、ただ華奢な歯根がついている乾いたそれは、欠けた首飾りの石のようにも見えた。人間の身体の境界線なんて、けっこう曖昧だから。時々別のものがくっついてしまったり、生えたりすることも珍しくない。アガータは呟くように言葉を続けた。それにしても、よかったじゃない。身体の境界線を越えて癒着するような事態じゃなくて。単なる表面的な異物で済んだのは、とても幸運なこと。

アガータが浴室に手を洗いに立った後、私は紅茶茶碗の受け皿に転がった歯を眺めていた。歯の大きさから判断すると、乳歯ではなく永久歯。特に欠けた様子や黄ばみもなく、単なるオブジェのようにも見える。歯は個人特定の材料に用いられるが、私の目には匿名性に包まれたものとしか見えなかった。これは野宮の歯なのだろうか、と思考は奇妙な曲がり角を曲がってしまう。それでは、野宮の身体までが、別個に幽霊化していることになってしまうだろう。これは海から来たものではない。ならば、歯は私の中から生えてきた痛みが形をとったものなのだろうか。時間が経つにつれて、三月を芯に残しつつも、風化してゆく記憶のまさに歯抜けの状態。そこにできた空隙が、痛みを小さく掻き立てる。

記憶の歯。いつの間にか、アガータは戻ってきて、眼差しを受け皿の歯に注いでいる。ウルスラに訊いてみれば？　彼女の声は抑揚を失っていた。森から見つけ出されたものではないけれど、持物としての良い助言をくれるかもしれない。これは供養のために持ってゆく、と言いかけて、その言葉が私のドイツ語には見当たらず舌が躓き、歯がかちりと嚙み合わさった。青の花弁が散らばる紙ナプキンにそれを載せて、柔らかく包む。これは私の持物なのだろうか。三月の度に繰り返される回想と、繰り返し目にした牙剝く海の映像、そして口をつぐみ続けて輪郭を失う言葉。それらを象ろうとした挙句に、たどり着いたのは奇妙な白い形。

紙で包んだ歯をポケットに入れたまま、旧市街の市壁跡を歩いていた。背中に傷も痛みもないはずなのだが、その部分の皮膚に対して不信感を抱いて、身体との関係性に綻びができていた。その不穏な心許なさを、歩くことでなだめようとしている。街の臍を中心とした円を描く散策路。旧市街の中心に佇む舞踏者たちのように、私は自分の記憶や身体を相手に、この円環状の森の中を回り続けてみよう。ただし〈舞踏〉と異なるのは、ダンスの相手と向き合わずに、見えない相手を追いかけて回る点だ。ここでもまた、幽霊が私の相手だ。そして、私の記憶や身体の感覚。これらが距離を正しく保った舞踏の相手となる。何度回れば、私は追いつくのか。もしくは、その幽霊が消えてくれるのか。ポケットの歯が布越しに腿に触れる感触に、今さらながら皮膚を粟立てながらも、私の脚は森の形をした軌道にきちんと収まっている。

二周目の半ば、土星のブロンズ板の近くで、私はウルスラと寺田氏を遠くから見かけた。ベンチに腰を下ろす二人は静かな会話のさなかにあった。この「静かな」というのは、二人が背中を板状にして前を真っ直ぐ向いて腰を下ろし、身振りや目顔が言葉を補うこともない状態を指す。二人は身じろぎもせずに、樹木となり森に調和した時間の中に留まっているように見えた。今日のウルスラは、どこか嚙み合わない時間をまとっている。セピア色に沈む写真や古い風景画の距離感。寺田氏もウルスラも、この暑さにもかかわらず、秋の領域の奥深くに足を踏み入れたかのような服装だった。彼女は白と灰に淡黄色の混った冬の空を思わせるマントを身に着け、首元で紐を結んでいた。彼女の蒐集部屋にあった、トリュフ犬の発掘品のひとつである。それを身に着けたウルスラは、時間的に非常に遠くにいるかのようによそよそしく見え、私は声をかけるのを躊躇った。しかし、ウルスラの方がこちらに気づいて、視線を向けてくる。目元に波模様に浮かんだ笑みに、時間と距離が少し縮まる。

「今日は散歩をしながら、ドイツ語の会話練習」

近づいて挨拶をする私に、マント姿のウルスラが言葉をさらに重ねた。

「会話のテーマは、どんな光景が記憶に重なるかということ。寺田氏の話は、とても美しい。秋や月のことについて語ってくれた。この街に来て初めて、ドイツで秋を見出したとか。月を愛でる感覚を思い出したとか。自然の中に記憶の道を作っているのがよく分かる」

「この土地は、私の郷里を思い出させます」

書簡の中で、月沈原と当時の日本人が呼んでいたこの街の秋を美しいと綴っていたことに思い当たり、ふいに痛みを覚えた。寺田氏は彼が過ごすことのなかった見知らぬ夏に入り、変容した場所を歩き回っている。そして、自分と結びつく場所の記憶を、街に投影していた。私が街の断片に仙台の風景を透かして見ようとするように。遠く離れた場所の季節や自然との距離の感覚。私たちは、ノスタルジーという言葉でその距離を縮めようとする。

私はベンチのそばの手ごろな大きさの石に腰を下ろし、二人の会話に耳を傾けた。寺田氏の口から、植物の名が飛び出す度に、彼はそこにゆっくりと淡く水彩絵具を載せるように、記憶を重ね合わせてゆく。彼の描写する植物は美しい構造を示し、それを手にとる人の姿と背後に息づく景色と時間の断片が繋がってゆき、記憶のステンドグラスとなっていった。

半時間ほどすると、寺田氏は立ち上がった。彼の上着のポケットには、何枚もの絵葉書が差し込まれていた。それが滑り落ちて、木の葉のように地面に散らばる。セピア色の古い街並みの写真。月沈原と呼ばれていた頃の街の光景を表したものだが、今の街の表情とはやはり異なっている。拾い集めて手渡す時に、Japanという言葉に視線が引きずられた。私の様子を見た寺田氏は小さく笑う。師が病気だという便りを以前受け取りました。便りは私の時間と隔たるために、現在というものは遅れて知らされる。私にはただ、この距離のままで言葉を待つしかできないのです。上着の内ポケットに絵葉書をしっかりとしまうと、ウルスラに次の面会日の日時を確認し、これから友人たちと約束があると告げる。ビリヤードですか？　とウルスラは楽し気に笑った。人が集まることのできないこちらの状況では無理でしょうが、私たちの時間内なら可能ですね。寺田氏も静かに笑みを浮かべる。

「では、今度の会話練習では、日本の小説について話しましょう。『夢十夜』の第五夜からどうですか？　まだ十夜にまでたどり着かないので、続きを読んで意見を聞きたいのです」

ウルスラの提案に頷くと、寺田氏は一礼して森の中の散策路を離れていった。彼の後姿と共に、秋の終わりと冬の気配も遠ざかってゆく。気づけば、視界には夏の色彩が戻っていた。

ひとつの時間を見送ったウルスラは、こちらに視線を向けないまま口を開いた。

「過去を、いつまでも第三夜の夢のように扱うのは止めた方がいいね」

その言葉に、ポケットの中で歯がちりちりと震え出す。負ぶった盲目の子供が、背中から父親の思考や行動を先回りして囁く夢の話。それを薄気味悪く思う男は、どこかに捨て去ろうと考えるが、ついには前世の因縁にたどり着く。記憶が追いついて、背中に張りついて逃れられないと気づく夢。樹の隙間から遠くへと投げかけていた視線を引き戻して、ウルスラは私を見つめてくる。感情に合わせて波模様を刻む皺も、今は凪いでいる。ウルスラは気づいているのだろうか。私の九年前の記憶に向ける態度を。私はポケットから取り出した包み紙を広げ歯を見せた。背中に生えた記憶の持物は、陽射しを受けて乾いた光を弾いていた。言葉にしなければ、歯の鱗は背中に生えて、口を作って喋り出そうとするかもしれない。その空想に急き立てられて、私はようやく口を開く。野宮の幽霊のことを。時間的には遠ざかる地震の記憶について。ウルスラに向かう言葉は、記憶の歯抜けの痕を舌で探り、痛みの形を浮き彫りにしてゆく。野宮に向ける罪悪感が、痛みの正体だ。私は彼をきちんと迎えることができないからだ。傍観者の視線で、この年月を過ごしていたのだろうか、と私は自分に問い続ける。白くさらしたままの距離を、野宮に見抜かれることを恐れていた。

語り終えた私に、ウルスラが返すのは深い沈黙だった。耳を傾け、ただ静かに言葉を受け止める。しばらくすると、記憶を象る肖像を見に行きましょう、と立ち上がった。そのまま市壁跡の散歩道を南へと向かう。薄い灰色のマントは彼女の身体を隠し、その円筒形の覆いは人形じみた印象をもたらす。樹木の隙間から切れ切れに見える、聖アルバーニ教会敷地内の中庭を示してくれた。一九四二年、ここに当時残っていたユダヤ人の多くが集められ、衆人環視の中を駅まで歩かされて、列車に乗せられ収容所に連れてゆかれた。街はその記憶を何度もなぞっているのか、通りには足音が重く響き、地面に落ちた影絵が死へ追い立てられる人々の姿をほのめかす。これも記憶の断片。場所に残された傷跡。

ウルスラは場所の記憶を見つめ、そして失われた痛みの記憶を保管する。トリュフ犬が見出した持物を、木曜日の訪問者に返してゆく。彼女の許に現れる多くは、拷問の苦痛を象った物を抱く聖人像のように、痛みと結びつく記憶を手放すことができずにいる。そして、それは場所にとっても同じことなのだろう。この街が担うモニュメントと、あの沿岸部に残される痕跡の記憶化。場所の記憶の持物を思い浮かべながら、私たちは市壁跡の北の切れ目から、街の中に入ってゆく。

ヴェーンダー通りの聖ヤコブ教会の近くで、彼女は足を止め石畳を指差した。金色に鈍く光る真鍮板が見事な歯並びのように八枚並んで、その光る面に刻まれた文字を、かつてそこに住んでいたユダヤ人の名前を瞬かせる。躓きの石という地面に食い込んだ金属の歯。それを眼差しで示しながら、ウルスラは言葉を紡ぐ。連れてゆかれ殺された人たち、もしくは逃げ出さざるを得なかった人たちと結びつく場所に、躓きの石は埋められている。それから、彼女は幾つかの通りの名前と建物の場所を挙げた。そこにある住居は、消された人たちのものだった。場所と名前は結びつく。故人の肖像が残っていなくても、場所が肖像画となってくれる。ゲッティンゲンもまた、名前という顔を記憶する場所だった。建物に肖像性を与えて、記憶を掘り起こし名前を守ってきた。

教会前で別れる際に、私は彼女にマントのことを聞いた。ああ、このこと？　かすかに笑うと身体をすっぽり覆うものを広げる。マントの裏地には記憶の地図があり、顔がある。彼女がめくってみせると、そこには死者の顔も浮かび上がってくる。晶紀子の扱う〈聖ウルスラの聖遺物箱〉がそこに重なった。広げたマントの中に人を包み込んで守る聖ウルスラ。その印象をかさねたまま、ウルスラは口を開く。場所の記憶と繋げれば、死者の肖像はできあがる。両腕はゆるく広げられ、持物が彼女に絵の中の聖女の姿勢をとらせる。

野宮が帰るべき場所に還ることができるように。

耳許を、祈りに似たウルスラの静かな言葉が過った。

あの三月以来、鳥の視点で街という肖像画を眺めるようになった。

三年前ドイツに出発する日の朝、仙台空港から成田空港へ飛行機で移動した。機上となり窓から見下ろすと、海岸がくっきりとした線を青の中に刻みつけている。線の内側には地面の茶色の下地が広がり、そこに僅かな建物だけが点在している。素描の途中で手をとめてしまったかのようだった。以前の絵をなぞろうとして、再現できずにいる記憶の図。私の中に、その印象が浮かび上がる。海の手が暴力を振るった跡を消し去ることはできず、素描のための下地を整えることから始めなくてはならない。記憶をそこに重ねようとしても、その投影を覆い隠すのは痛みを刻んだ別の顔。引き裂かれた時間の向こうに消えた肖像を、甦らせることはできないままだ。

ある場所や土地を描くと、風景画ではなく肖像画になっていることがある。額縁に囲まれた土地や街の中に、「顔」が浮かび上がってくるのだ。

時間の中で変化し続けてゆくものを捉え、その記憶を重ねてゆくと、街や場所の大きな肖像画となる。様々な土地から土地へと移動を繰り返すうちに、風景画と場所の肖像画の違いが次第に見てとれるようになってきた。そこには、時間の異なる視点が関わっているのかもしれない。風景画に必要なものは、現象の細やかな観察や写真的な視点であり、それは見ている者と場所の現在の対話的な時間の記録となる。しかし、ある場所を見て過去を重ね、そこに繋がる人の記憶に思いを寄せる時、場所の回想という独話《モノローグ》の聞き手とならなくてはならない。その時それは、風景画ではなく場所の肖像画となるのかもしれなかった。

失われた場所を前にした眼差しが探し求めるのは、破壊される前の土地の顔である。時間が跡を残し、記憶が沁み込んだ馴染み深い顔。あの日以来、誰もが沿岸部を訪れる度に、それを探し求める透過した過去への眼差しを向けている。

インターネットで、震災のあった海岸や内陸の写真を時折開いては目でなぞる癖がついた。それを見る度に、私が思い出すのはミヒャエル・エンデの『運命の象形文字』という物語のデッサンであった。第二次世界大戦中、兵役に出ていた青年が休暇をもらい、恋人の許に駆けつけた。空襲警報が鳴り響く中、ホテルの部屋にいた恋人たちは、二人だけの時間を選び、地下壕に避難しなかった。ホテルは爆撃され、二人はそのまま崩壊に巻き込まれる。青年は死に、彼女だけが助かった。だが、生き残った女性の顔には刻印があった。顔が白と黒の二つに分かれていたのである。恋人にかばわれた半面は、もとの彼女の白い肌だったが、もう半分は爆撃の風圧によって、無数の灰燼の黒い粒子が肌にめり込んでしまった。白と黒の二面から成り立つ顔は、戦争が終わっても消えることなく、彼女の記憶は身体に刻みつけられたままだった。

仙台東部道路を挟んだ土地の写真を見た時、私の目の中にこの二面の顔が重ね合わせられた。海にのみ込まれた場所と、津波が届くことのなかった場所、この二つは時間が経っても完全に戻ることはない。仮に建物や街が元通りに再建されたとしても、その下には二つに分け隔てられた顔が残り続けるのだ。私があの日以来、目にしてきたのは顔の半面に過ぎず、もう半面の側からの声を持たなかった。その半面には、沿岸部の街のみならず、原発による避難指示区域も含まれる。この顔の二面性が、場所の記憶を形作る。私は自分のいなかった半面について、どれほどの記憶を持つことができるのだろう。匿名の報告や写真、映像にこめられた眼差しを表面的になぞっても、それは記憶ではなく印象を作り上げることしかできない。

　そして、白く傷を帯びていないように見える半面についても、想いは向けられる。もう半分もまた傷跡を抱えているのだ。建物の倒壊、土砂崩れ、道路の亀裂や土地の液状化。それは、あの三月の静まり返った場所で、私が目にしたものの一部。半分に分けられて、二つの顔と意識することで、ひとつの土地という記憶は置き去りにされてゆくような気もする。沿岸部の破壊に、裂けた土地の印象。それは二重に壊されている。破壊された顔は、三月が訪れる度に、再生や復興という言葉で化粧が施されようとする。その度に、失われた顔は幽霊のように浮かび上がる。そして、それを無理に場所にはめようとする時、それは単なる願望の仮面を押しつけているのに過ぎなくなるのだろう。

また別の木曜日の午後、ウルスラを訪ねた時、いつかのようにバルバラとアグネスと出会った。その日は、季節の足取りが突然狂い、秋が訪れたように気温が低く、薄暗く曇っていた。バルバラは、暗い緋色と茶色が混ざった薄手のセーターを身に着けていた。その秋に寄り添う色合いに対し、アグネスは白のタンクトップに鮮やかな翠のパーカーを羽織って、夏の色彩に留まっている。私が部屋に入った時、アグネスはひどく痛ましいが、不機嫌に曇った表情をしていた。こちらに気づくと、何も言わずに居間から、そして玄関から外に出て行ってしまった。彼女は手の中に、木彫りの小さな置物を握っていた。バルバラは溜息をついた。似た顔立ちの母親の方は別の表情を湛えて、こちらに笑みをそっと投げる。痛みを感じつつも、どこかで区切りをつけたかのような静かな表情。母子の見慣れない生々しく刻みつけられた表情に、私の感情は灰色を帯びてゆく。バルバラもまた、その表情を隠すように立ち上がり、テーブルの上に置いてあった塔の写真入り絵葉書を手にとる。そして、疲れた微笑だけを残り香のように漂わせ、何も言わずに部屋を出ていった。

しばらくすると、ウルスラが紅茶ポットを持って現れた。バルバラとアグネスは帰ったよ。そう言うと、彼女はカップを取り出して紅茶を注いだ。渡されたカップから、凍りつく花の香りが溢れ、そこに冬の色が湛えられている。何かがひどくずれているような居心地の悪さが、この部屋やここにある物を覆い、くすんだ色に濁らせている。ウルスラの馴染み深い部屋は、無関心さときまりの悪さの入り交った表情を見せ影の中に沈んでいた。窓から覗く空も重たく曇っており、あらゆる季節の断片が少しずつ切り取られ縫いつけられたような、得体のしれない気配が立ち込めている。

「バルバラたちは大丈夫でした？」二人の痛みに満ちた表情を思い出し尋ねると、

「トリュフ犬の発掘物を引き取りたい、って言っていたけれど、やはり難しいみたいだね。二人の記憶の持物だから良かれとは思ったけれど」とウルスラは静かに呟く。その顔には、疲労が波模様として刻まれ、それが口を開く度に震えるので、見えない涙を流しているようにも見えた。ウルスラはため息と共に言葉をも吐きだした。

「特に、アグネスには辛かっただろうね。彼女はまだ子供なのだから」

「アグネスは精神的には、とても大人びていると思いますが」

「子供だよ、子供。これは否定的な意味ではないよ。あの子がどれほど実年齢より上に見えようとも、本人がそう振舞おうとも、子供であるという前提を周りが忘れたら駄目なんだよ。痛みには耐えられないことを、大人が気をつけなくてはならない。それに痛みに関しては、年齢なんて関係ない。慣れていると思っても、それは痛みを巡る記憶から距離を置いたと思っているだけ。痛みそのものの記憶自体は、いつまでたっても鮮やかなもの。それは変わらないんだよ。人であろうと場所であろうとも」

私はテーブルの上に残されたままの、バルバラたちの使った食器を眺める。カップと共に並べられている小さな皿には、木星トルテが切り取られて載せられている。その両方ともほぼ手がつけられていなかった。そこに、この菓子が好きな神経質な少女の強い拒絶と悲しみが浮き彫りになっていた。

ウルスラはそれ以上語ることはない。二人の持物《アトリビユート》が、どのような痛みの記憶にまつわるものなのかを。しかし、語らない言葉から、私も自然と理解にたどり着く。あれは死者の追憶であり、別離の記憶を表しているのかもしれなかった。

木星トルテを一切れ大きく切り取って渡してくれた後、背中はどうなの？　とウルスラはこちらに視線と問いを向けてきた。歯が生える様子はない。私の返事に、彼女はようやく笑みの形に表情をほころばせた。

「それは良かった。今すぐどうすれば良いか、など考えなくていいんだからね。記憶が可視化したのなら、時間をかけて考えてみるべき。歯は長持ちするから問題ない」

ふいにウルスラは口をつぐみ、一瞬の間の後アガータのことを尋ねてきた。深く沈黙の中にこもる彼女の様子を伝えると、溜息をついて棚にあった布の覆いをかけた皿を運んできた。白い布を除けると、そこには二つの乳房があった。皿に載せられた乳房は角のない柔らかな円錐形を保ち、乳首は赤みを帯びた褐色をしている。掌に載せたら、小動物のように蹲《うずくま》るのではないかと思われた。切断面と皿の表面は綺麗にくっついて、剝がれそうにない。これは、アガータの記憶の持物。訊けば、海王星の奥の森で最初はトリュフ犬が見つけたとのことだった。土の中から丸く白く出てきた時、最初は巨大なマッシュルームかと思ったそうだ。それを目にしたアガータはひどく動揺し、そのまま土の中に戻そうとしていた。ウルスラが引き取ったが、それ以来この話題を振られるのを恐れているのか、ここに来ようとしない。

蒐集部屋を管理するウルスラさえも、この乳房を持て余しているようだった。初めは鮮度を考えて冷蔵庫に入れたんだけれど、水気を失って少し硬くなってしまった。それに、乳房で場所が塞がって、トルテをしまっておけなくなった。ウルスラは淡々と言葉を連ねる。ちょうど私は、フォークで木星トルテを小さく切り分け、口に入れたところだった。トルテは非常に柔らかく、口の中でもったりと粘っこいものへと変わってゆく。アガータに伝えて。時間がかかっても、引き取らずともよいから、これを見た方がいい。ウルスラがそう言葉にした時もまだ、私は口の中のものを持て余し、その塊を飲み下すことができなかった。

帰宅して扉を開けた途端に、ごとり、と何かが足元でぶつかる鈍い音がした。ペンチの形状をしたものを拾い上げると、手の中でそれは冷たい重さに鈍く光った。私の背後から差し込む柔らかな薄暮の光を受けて、物々しい姿をさらすそれは鉗子だった。絵画の中でしか目にしたことのない抜歯の道具。歯を思い出した皮膚の疼きを感じたが、床に放り出すわけにもいかず、握りしめたまま暗い廊下に足を踏み入れる。

アガータは居間の椅子に深く腰を下ろし、背もたれに身体を密着させようとしているようにも見えた。小さく声をかけると、眼差しがようやくこちらに向けられる。静かなそれは、悲嘆にくれ天を仰ぐ聖女からの借り物のようだった。透明な雨粒のような瞳に、澄んだ悲しみを湛えた眼差し。その焦点が私の手の中で結ばれる。「これは何?」と鉗子を小さく振ってみせると、「ヘクトーが森から持ち帰った」との気のない返事だった。彼女は犬が何を見つけようが、もう頓着していないのだ。持物《アトリビユート》が、最近では家の中に転がっていることがある。これまでアガータはトリュフ犬の発掘物を家に持ち込むのを拒み、こっそり入り込んでいないかと家中を丹念に調べていた。しかし、今や物の侵入を許し、投げやりになった感がある。トリュフ犬の方は、床に水たまりのような姿をさらし、気楽に夢に潜り込んでいる。

アガータにウルスラからの言付けを伝える。「早く持物を見に来なさい、とのこと」一瞬息をのんだ後、彼女は森の奥深くに棲む梟《ふくろう》の声で低く笑いだした。私はそのまま動けなくなった。彼女の笑い声の裏には、子供のすすり泣きの気配が混ざっている。遠い夜の中で眠れず、暗闇と見えない空想の怪物に怯える子供の声。声の裏に織り込まれた別の感情に、アガータは囚われ、遠い二重の声で何かを嘆いていた。

あれは、と二重の声の合間に言葉がこぼれる。母のものなの。死んだ母の記憶。笑い声はそこで止まり、静けさを破る呼吸音だけが繰り返される。

「あの乳房は、あなたの記憶の持物ではなかったの?」

「あれは母のもの、だから私のものでもあるの」とアガータは神経質に言葉を連ねた。

「本当のことを言えば、母は乳癌で死んだんじゃない。自殺したのよ」

昏く宵の影が満ちてきた部屋の中で、私たちも犬も形が不明瞭であるが、声だけが輪郭を留めている。彼女の声は私ではなく、目の前にわだかまる犬のような溶暗に向かって、何かを語り始めていた。

両親の離婚をきっかけに、アガータは十歳になる頃から、母親と姉と三人で暮してきた。母親は医師として働いていたので、生活に不自由さを感じることはなく、三人の生活はすぐに軌道に乗った。時には、母親の新しい恋人もそこに交わることがあったものの、四人目が現れても去っても、彼女たちの距離感は変わらなかった。やがて、姉もアガータも大学に進むことを機に家を離れた。頻繁な帰郷と電話連絡のおかげで、物理的な距離があっても三人の関係は安定したままだった。

二年前に母親の両乳房に癌が見つかり、手術で切除が決まった。術後の経過も良く、転移も見つからず、三人とも安堵していたと言う。半年後、アガータの許に姉から電話が入った。具合を悪くしていた母親を見舞ったところ、身体に散らばる癌の影のことを打ち明けられたそうだ。その言葉に、アガータは頬を殴られたような痛みと混乱に陥った。母親の住む場所の距離はさほど離れていなかったので、彼女は今まで以上に小まめに訪ねていた。姉の電話の数日前にも、トリュフ犬を連れて、二人で茸の話をしながら森を散策したばかりだった。しかし、その時、母親からは何も打ち明けられていなかった。

姉からの連絡後、アガータは三週間の休暇の予定をすべてキャンセルして、母親の許に舞い戻った。出迎えた彼女は心なしかやつれて見えたが、落ち着きはらい、アガータの長期滞在を喜んでいた。重い話を切り出すと、母親の口から今後の治療やホスピスの候補など、つらつらと道筋が示された。計画性の高い彼女らしく、すでに姉との話し合いで何もかも決めていた。指示されたその道筋に、自分の時間をどのように重ねてゆくか。それを考えることくらいしか、彼女がすべきことはなかった。しかし、滞在六日目の夜明け頃、トリュフ犬の怯えた声に目を覚ましたアガータは、寝室で母親が首を吊っているのを見つけた。

「それから姉がすぐに来て、混乱しつつも全てを二人で済ませた。でも、一段落した時に気づいた。姉と私の間に距離ができてしまったことを。姉は一度だけ私を責めた。なぜ何も気づかなかったのか。姉は私よりも母親との距離が近い人だったから、余計に痛みを感じていたのかもしれない。でも、私にも分からなかった。母親が私がいる時に死を選んだ理由なんて。それから、ほとんど互いに連絡をとらなくなり、この前ようやく姉を訪ねることができた。でも、無理ね。私たちの間には、まだ母親の死の影が横たわっている」

アガータは、滞在中の母親の言葉や様子から兆《きざ》しを見出そうと、すでに何百回も記憶を繰り返し見つめてきた。母親の自殺までの短い時間は、記憶から無理に引きずり出され、細部も隈なく視線を注ぎ続けたことによって、奇妙な物語性を帯びてしまうこととなった。記憶の中の母親は、数えきれないほどの手掛かりを、紅茶のカップを差し出すように、自然な流れではのめかしている。それは、記憶が死の場面に向かうにつれて、耐え難いほどあからさまにちりばめられていた。鈍感な自分の眼差しを重ねて責めれば、徐々に記憶は崩れてゆくのだった。気づいた時にはもう、母親との最後の時間を過ごした記憶は、別のものに変容してしまった。痛みや罪悪感に塗り潰された、原形を留めない時間。その意味において、アガータは記憶喪失者であるのだろう。ケルンから戻った後、歪んだ記憶の断片が幽霊のように家に居座り、視線を捉えようとしてくることに気づく。追い打ちをかけるように、トリュフ犬が乳房を土の中から見つけ出した。失われた記憶が、文字の刻まれていない白の顔を貼りつけて、その奥にあるものを閉ざしてしまった。

アガータが部屋に引き上げ、トリュフ犬も黒い水のような動きと足音でそれを追う。部屋の扉が閉まる音を合図に、私も部屋に戻っていった。窓の外はいつの間にか影にのみこまれる時間を示し、沈みゆく夜の中から見知らぬ鳥の声が鋭く響く。あれも嘆きの声なのだろうか。私の目や耳がつかんだ痛みの断片が投影されると、その分だけ声は夜を深くする。

窓に寄せられた机の上には、五枚の歯の載った小皿が置かれている。壁のスイッチを押して灯りをつけると、それは瞬きするようにぼんやりと光をまとうのだった。アガータと同様に、私もまた記憶を前にして動けなくなっている。パソコンを立ち上げると、澤田と晶紀子からそれぞれにスカイプでメッセージが入っていた。〈野宮と話をしました。〉〈野宮に連絡をとってみました。ゆっくり話ができました。〉簡潔な報告。それだけだった。そこには、彼らが何を話したのかは記されていない。そして、それは私が知るべきことではない。二人に留まり続ける記憶と九年間の距離。その形はそれぞれ異なり、見えようとも見えまいとも、持物《アトリビュート》として抱き続けるしかない。その上で、失われた場所を想い続ける。全てが剝ぎ取られた土地を、記憶を根こそぎ奪われた人の顔のような場所を。そこは凍りついた時間と、破壊後に動き続けた時間が重なり合う二重の場所。この重なり合う時間や場所の距離は、どれほどまでに近づいてゆけるのか、今でも分からずにいる。

その時、バルバラからグループメッセージが届いた。〈土曜日、ビスマルク塔まで散策に行きませんか。アグネスも皆で行くことに賛成しています。

冥王星のブロンズ板があるかどうか見てみましょう。〉アグネスの気が塞いでいるのを見て、バルバラが遠足に連れ出すことにしたようだ。最初は遠すぎることや気力のなさを不満の色に染めて文句を言ったが、冥王星に皆で行くという案には雲を追い払って、少女の方も積極的になったらしい。泡がはじけるような速度で、ウルスラ、カタリナ、ルチア、そして野宮から承諾の返事が届く。〈野宮さん、寺田さんに連絡を入れて下さい。〉その時、アガータの承諾が画面に現れ、〈ヘクトーも一緒に〉と付け加えられる。それを眼にして、私はアガータが記憶の痛みを見つめることを選んだと知る。私も行く旨を文字に短く載せて送り出した。

冥王星の軌道は楕円を描き、一定区域において海王星の軌道の内側に入り込む。その時、冥王星は八番目の位置を占めている。惑星という名称を外されても、それだけは変わらない。内から外へ。再び九番目の軌道に戻ってゆく。同じように、時間が過ぎ去れば、野宮も別の場所に去ってしまうのだろう。澤田や晶紀子のように、私も彼と話をするべき時が来ている。硝子の向こうの景色は、色彩を失っていた。灯りの反射で窓は鏡となり、そこに浮かび上がった自分の目の奥に消失点を探してみた。鳥の声。窓の奥で夜が嘆いている。

八月も半ばに差し掛かった土曜日、朝から陽射しは鮮やかに白く、重たく凪いだ空気を揺るがすことなく、長い夢路から一日が姿を現す。アガータも一見すると凪の状態。落ち着いた様子で鞄に軽食や水入りの瓶二本、トリュフ犬用の食事や菓子などを詰めて、惑星巡りの準備を進める。私たちの鞄は柔らかに重たく膨らんで、それはそのまま遠出の期待の形となっている。出発前に、パーカーのポケットに私は歯をそっとしまい込んだ。

集合場所である太陽のブロンズ板へ向かう途中、ゲッティンゲンのかもし出す表情が普段とどこか異なることに気がついた。足が石畳を踏む度に、そこにはつぎはぎに幾つもの表情が現れては消えてゆくのだった。その表情は、午睡の夢と同じく、淡く溶けては跡を残さないものに似ていた。街の顔を過る表情は、時間の透かし彫り越しに表になり裏になり、浮かんだり沈んだり定かではない。足を進める度に、時間を遡ったり、前につんのめったりを繰り返し、眩暈《めまい》で視界は歪みながら揺れている。この街は、今日は記憶巡りをすることにしたのだろうか。写真に留められた印象を仮面にして、祭りのように場所は幾つもの顔を装っていた。月沈原と思しきイメージも見かけるが、人混みの中の後姿ほどに、目の中で印象が結ばれる前に解けてゆく。

太陽模型のそば、蠟燭の火影のように揺れる夏の空気の中、五つの影が佇んでいた。バルバラとアグネス以外がそろっている。陽射しから逃れて、ウルスラとルチアはホテルの建物の陰の中に立っていたが、カタリナと野宮、寺田氏は影を濃く落としながらも、太陽のプレートに記される言葉を目で追いかけていた。私はそこからふらりと離れて、市壁跡の切れ目から駅の方を眺めて驚いた。ゲッティンゲンの駅前から、自転車の塊が消えていた。だだっ広い白い石畳の広場には緑陰が生まれて、静かに涼し気な小庭園の顔を見せている。瞬きを繰り返せば、その表情の下に金属の塊の輝きも下書きのように残っている。駅が変容している。私の驚きに割れた声に、ウルスラは至極当たり前のように頷いた。戦前の記憶の断片でしょう。一九一〇年頃の駅です。寺田氏が静かに断言した。彼の暑さに重たくない痩せた身体は、その駅を背景にすると、くっきりとした輪郭を伴って見えるのだった。寺田さんの記憶のままですか、と野宮が感心し、問われた方は静かな笑みを浮かべて頷いた。あの辺りは空襲で姿を変えたからね。こうして見ると涼し気で綺麗なものだね。ウルスラの感嘆に、私の酔った感覚も落ち着きを取り戻した。ようやくゲッティンゲンのつぎはぎの回想時間を受け入れる。バルバラたちが着いた。ルチアの声が私たちの視線を反対側に引き戻す。珍しく、アグネスがゆっくり距離を縮めて近寄ってきた。今日は暑すぎて、森や塔も半ば眠っているだろうから、その夢に冥王星も紛れ込みやすい。鳥の声を真似た歌うような言葉に、最近アグネスを覆っていた雲が晴れたことを知り、誰もが表情を和ませた。

街の機嫌次第、もしくは記憶次第。惑星が八つになるか、九つになるか、そこは巡れば分かること。太陽、そして細い通りを挟んで、水星から火星までが目視の範囲内に、点々と一列に並んでいる。正しい距離のとり方を手本とばかりに、歩行者に見せているような塩梅。ブロンズの足を踏みしめ、場所や時間に対し頼もしいまでに安定している。太陽の球体は、空にかかる白い光球の熱を受け、鈍い金色に輪郭を緩ませて輝いている。私たちはその周囲に集まり、惑星の小径に沿って太陽系の端までの巡礼を始めることにした。

視界に映る街全体に、あたかも太陽模型の表面の色が溶け出し、流れ出し、金に覆っているようだった。間を置かずに水星にたどり着くが、硝子に閉じ込められた小さな惑星の姿は、熱せられて干からびて縮んだかのようだ。寺田氏以外は、太陽の熱が重すぎると文句を口にしながら、水を乾されないうちにと通り過ぎる。

雲が出て、一瞬だけ空が重たく翳る。陽が遮られても、雲の下では暑い空気と行き場のない熱がこもっており、私たちはその重量感に言葉が途切れたまま、金星のそばを通り過ぎた。やがて、地球にさしかかった頃には雲も素早く姿を消し、空は鮮やかな青を覗かせる。鳥の視線を投げてすぐ、アグネスが驚きに高く声を上げる。地球が壊れている。慌ただしく覗き込めば、地球を表すブロンズ片を閉じ込めた硝子に、大きく引き裂くようなひびが走っていた。その不穏性に、皆でがやがやと声をこぼす。そのひびを目にして、再び九年前の地震が頭に思い浮かんだ。あの三月の大地震の放ったエネルギーは、地軸すらも傾け、大気の外に広がる空間にも、その衝撃は波となって放たれた。

火星のそばで赤い砂埃をたてて自転車の一群が通り過ぎ、視界を遮るそれが落ち着くのを待ってから、再びゲーテ通りを進んでゆく。赤い埃を刺激しない足取りで、宙を舞う粒子が口の中に入らないよう言葉も外に出さない。探査機を真似た歩みは、ゆっくりと慎重であり、砂埃をまぶしたかのように空は青を薄めて冴えない表情だ。通りの名前が切り替わる橋の下では、細い川が街の中をうねるように通り過ぎてゆく。そこを水鳥と一緒に、小さな蠟燭を載せた灯籠のようなものが流れてゆくのを目にした。幾つも幾つも列をなし、水の静かな動きに蠟燭は身を震わすものの、灯りがかき消されることはない。火は命の時間の寓意であり、それは大きな別の時間の中で流れてゆく。

旧市街の大通りと交差する場所が近づくと、木星が次第に姿を現す。さらにその奥では、舞踏する人の凍りついた躍動感が遠くからも目に鮮やかだった。両側に並ぶ古いとばかり考えていた建物も、記憶の中を行ったり来たりするため、時間の遠近が崩れてゆく。異なる時間の顔をさっと覗かせる素振りは、こちらを焦らしているとしか思えない。幾つもの顔を重ねて生きてきた街の肖像画。私たちは絵の中を潜り抜け、その記憶を鑑賞しているのか目撃しているのか分からぬ曖昧な視点で眺め続ける。〈舞踏〉の踊り手たちは、三人で勢いよく廻っている。水の滑らかな動きを身体にまとわせ、ぐるりぐるりと陽射しにブロンズの筋肉を輝かせて。互いの顔から何枚も仮面を剝ぎ取り、それは宙を舞って写真や絵葉書に姿を変えてゆくのだった。距離の向こう側にいる誰かに向けた言葉。そこに黒い眼を大きく見開いて笑う三人の子どもたちの顔、麦わら帽子をかぶって大きな笑顔を向ける少年、よそゆきを身に着けて美しく静止した家族肖像が目の中にひらめいては消えてゆく。消された人たちの顔。写真の中に留まる時間の断片が伝えるのは、彼らがここにいたことであり、場所が記憶を担い、それに目や耳を傾ける人がいるということだ。

視線をさらに遠くに向けると、土星の方向からこちらに向かう小さな山《だ》車《し》に気づく。それは見えない手に引っ張られ、〈舞踏〉のそばで曲がって、旧市役所前の広場に進んでゆくのだった。ゲッティンゲン伝統の博士号授与の祝いにくり出される行列を、形だけ真似ているようだ。紙飾りや風船を満載した大型の手押し車。大学の授与式の後、そこに博士号取得者をビールやシャンパンの箱と花束と一緒に詰め込んで、音楽を奏でて大声で歌って賑やかに、広場に立つガチョウ番の娘リーゼル像の元まで引っ張ってゆく。街の伝統に従い、取得者はブロンズ像の娘の頬にキスをして、捧げた花束で彼女を飾り立てるのだった。

しかし、その祝祭行列は静けさだけを引き連れている。演奏者や歌い手の姿もない。目をこらせば、十五―十六世紀の版画の印象が、断片的にちりばめられていた。山車七台が、一列に一定間隔を置いて並んでいる。燃える心臓と矢を手にした女性の、身体を包む薄物と長い髪が風にそよいでいる。仰々しい甲冑《かっちゅう》に剣を笏《しゃく》のように構えた男性。笛を奏でようと構える演奏家や、弓矢を携えた狩猟者まで、陽射しに持物は輝き、遠い時代の記憶から匿名性の仮面を剝ぎ取り顔をさらす。過ぎる度に目の中に立ち止まる残像は、ユンカーシェンケの壁に描かれた七人の惑星神と重なってくる。天動説の世界の星辰の神々は、空襲で破壊された建物から取り戻した顔をみせている。同じではあるが異なる顔。過ぎて重ねた時間の分だけ、幾つものイメージが混り合っていた。そして、版画が伝える印象を打ち消すのは、紙製のたなびく飾りだった。たくさんの紙飾りが溢れんばかりに山車に下げられて、揺れる度に彼らの姿を隠し、ひらめかせ、そこに座るのが誰なのかを曖昧にする。通りの音も消え、その水の静寂の中を行列は進む。紙飾りはさらさらと葉擦れの音から、鳥の群れの一斉の羽ばたきに似た騒めきまでを奏でる。紙製の薬玉からは長い吹き流しが揺れて、風の動きか水流か分からぬ軌跡を宙に刻んでいる。紙飾りの色は小さな山車ごとに異なり、色彩の濃淡でまとめられている。波打つグラデーションに合わせた紙の声に、耳を通して色と場所の記憶が呼び起こされる。七夕だ、と紙の騒めきの合間に野宮の小さな呟きが聞こえた。

惑星神の祝祭行列は、私たちのいた仙台の祭りの印象を引き寄せる。七月から八月の前半まで続く七夕祭りの期間、駅や駅前通、アーケード街にずらりと紙飾りがぶら下げられている。滝の流れを模した吹き流しの顔に当たる感触や、はりのある紙のたてる柔らかな音、通り過ぎる色彩の影に、私は水の印象を目に映していた。祭りが最高頂に達する頃には、その下にあふれる人の流れは、渦巻く水の重みを増すので、そこに近づくことはなかった。しかし、紙の囁きも途絶える早朝や夜も更けた頃になると、アーケードの端から端まで、色彩の水の流れは遠近法的に立ち並んでいる。その静かな色彩を真似て、惑星神のつぎはぎの山車は通り過ぎ、野宮の顔に遠い場所を想う表情が重なり、そして紙のさざめきと共に消えていった。

時間の、記憶の巡礼者のように歩き続ける。私たちは、巡礼者の身分証明となる貝の手形を持ってはいない。惑星の小径を進むために必要なのは、それぞれの記憶であり、記憶の持物だけだ。ウルスラが抱えるのは、街と人の記憶の断片。他者の言葉に耳を傾け続け、部分的に手渡された誰かの記憶を沈黙の中で背負い、そして戦争と消された人の記憶を掘り起こし、それを誰かに伝える時には沈黙から出てくることを繰り返していた。マントの裏に幾重にも重なる場所と人の記憶は、木曜人の痛みの記憶と結びついて、複雑な星座模様を生み出している。その重なり合う時間の中で、道を見失うことのない静かで安定した彼女の足取りは際立ってくる。アガータの歩みは、自殺した母親との最後の数日間をたどっている。すでに記憶が変容した状態で、疼く視線を引きはがし、母親の姿や死を再度組み立てようとしている。トリュフ犬という母親の穏やかな時間の同伴者が、アガータに寄り添い、彼女の手をそっと舐めた。月沈原の時間を歩んだ寺田氏は、静かで大きな記憶の径を歩いてきた。自然科学や文学への透徹した眼差し。その手で彫り上げた物理学の結晶。自らも体験し観察してきた天災を通して、先の社会へ残していったもの。それらが交差するなかに挟みこまれていた月沈原の記憶。故郷を重ねた場所と時間から遠く隔たっても、彼の言葉は距離を消し去る。その言葉に引き寄せられた野宮は、断絶した時間を越えて現れた。九年前の震災でかき消された家族や場所。いまだに還れないまま過ぎた空白の時間。遠く離れた澤田や晶紀子や、この街の時間の層に繋がる記憶が、そして野宮が重ねてきた時間の厚みが、この奇妙な場所を踏む足となっている。そして、身体がばらばらに蓄えている震災の記憶と、あの三月以降に流れた時間が、私を冥王星へ向かう巡礼者に仕立て上げる。遠近法に従って九年前に続くように配置した記憶が歯の形になって現れようとも、この惑星が並ぶ径をたどって、行き着く先を目に収めなくてはならない。今度は野宮のたどる軌跡を記憶するのだ。

歩けば歩くほど、記憶の断片は浮かび上がる。それは組み合わされればステンドグラスを呼び出し、過去の逸話的場面や聖人像すらも形作るかもしれない。小径を踏む足と記憶のリズムは綺麗に合わさっている。カタリナもルチアも、そしてバルバラ母子も、記憶の持物が引き出す時間を、径に重ねてなぞり続けていた。ウルスラの蒐集部屋や、アガータが撮った写真、そしてトリュフ犬の発掘。そこから浮かび上がってきた記憶は、巡礼の同行者となって惑星から惑星へと繋いでゆく。

赤茶けた薔薇の模様に渦巻く雲を見ながら、木星から土星へと向かう私たちは、たくさんの街の写真的な記憶とすれ違った。長いスカートに手袋と日傘を持つ女性が角を曲がる。暗い色に沈む服をかっちりとまとった年老いた女性は、パン屋の扉から姿を現す。白い夏服姿の少女と水兵服の少年が通りを駆け抜け、日本人と思しき散策する人たちとも出会った。ステッキをついた背広姿の彼らは寺田氏を見て、片手を挙げて挨拶する。知り合いの留学生たちです。同じく挨拶を返す寺田氏は、談笑しながら離れてゆく人々の後姿を目で追っていた。重い制服姿の若者が通りを威圧的に歩き去り、追われてゆく人々の姿もそこにはあった。モノトーンの領域に留まる記憶とすれ違い、街の記憶の中を潜り抜けてゆくが、周囲に幾重にも環状に回る人々の記憶は厚く、私たちの目はそれを追いかけ、足のリズムはややもすれば乱れそうになる。記憶の雑踏を抜けて、ようやく土星までたどり着いた。

土星から先は、旧市街を抜けた住宅街になる。街の回想は続くが、それでも雑踏の騒がしさから解放され、耳は静けさに落ち着きを取り戻した。劇場のあるテアター広場を通り抜けて、プランク通りを東へと進んでゆく。時間の夢の中を歩みながら、写真や絵画で目にした場所や人の間を縫ってゆく。寺田氏の下宿する十八番の家を横目に、五分ほどでアイヒェンドルフ広場にたどり着いた。そこに立つ天王星のブロンズ板に近づいて、寺田氏は小さな惑星模型に視線を向ける。天王星は、山の頂に載せられた小さな球として表されているが、山から顔を出す日の出の印象に少し近い。その妙に日本的な形を眺めて、寺田氏が天王星と相まみえるのはこれが初めてだと気づいた。空間的な距離は近いが、時間的にはあまりにも遠い。風が樹木をざわつかせると、秋の気配が音の向こうから現れ、その度に夏の気配はかき消されては浮かび上がる。耳と肌の感じる季節のずれに感覚は混乱して、地面が大きく傾いたように不安定になった。

地面に対しおぼつかなかった足が自信を取り戻すと、天王星から離れて住宅街を進んでゆく。街の眠りに似た回想を妨げてはならない。夏の午睡に沈む通りは、足音だけが密やかに響いている。幾つもの様式を経た自転車ともすれ違い、やがて私たちは森の入り口となる海王星にまでたどり着いた。

海王星の奥に広がる森の中に入ると、周りを緩やかに進む女性たちの姿が、不思議と描かれた聖女と重なってきた。印象の変容は、冥王星に繫がる森にも及んでいた。重なる葉の隙間から真っ直ぐ差し込んで縞《しま》を作る陽光は、教会の窓を透過する光のようだった。樹木は回廊を象り、静寂に涼しく柔らかな空気が通り抜ける。私たちは冥府の名前を戴くブロンズ板を目指し、黄泉路のように静かな道を歩いてゆく。森林散策愛好者の姿も見かけるが、堂内をそぞろに歩く人の静けさに沈んでいる。

森は、街の中よりも静かで賑やかだ。樹木が騒めき、鳥の声が遠く近くから響く。リードを外されたトリュフ犬は大きく伸びをして、森の空気にすぐさま馴染んだ。踊りの軽やかさを真似て、私たちの周りをくるくると回り、先導者の余裕をもって森の中を突き進む。歩む私たちも、間隔を広げたり狭めたり、アコーディオンの音楽を足の動きは重ねていた。森に入ってから、アガータの顔に微笑の模様が柔らかに浮かび上がり始めた。しかし、その声だけは、いまだに迷い人の気配を残している。大丈夫？と尋ねると頷くが、笑みの模様に影が混ざりこむ。それを察したトリュフ犬は、私と彼女の間に潜り込んで、アガータにその黒く艶やかに光る頭を押しつけた。

歩き続けるうちに、樹木の織りなす光と影のリズムに身体は馴染んでゆく。気がつけば、私はルチアとカタリナと前後して進んでいた。ルチアは今日もまた奇妙な首飾りをぶら下げている。青い硝子細工の眼玉。ナザールボンジュウ。感情を映さない目も今日は、木洩れ日に反射する度に瞬きを繰り返していた。しかし、瞬きの度に、それは痛ましい線を浮かび上がらせる。みつめていると、ルチアは静かに笑みを浮かべた。「これはアガータの撮った写真にあったもの。あれから、ウルスラの部屋に引き取ってもらって、私の手に戻ってきた」戻ってきた、と言う言葉に耳が引っかかった。彼女の目は、今日もあの遠い三月の空の色だ。冬と春の境界の揺らぐ色。しかし、その淡さは灰色を一筆分多めに滲ませて、冬の静かな拒絶に傾いている。目の姿をした記憶の持物に関して、ルチアはそれ以上語ることはなく、静かに口をつぐんだままだ。その記憶を視界に入れたまま、沈黙に留まることを選んでいる。紺青の目の負った傷をなぞるルチアの指。そこに、私には読み取ることのできない記憶との対話があるのだろう。

背筋や脚を真っ直ぐな剣のように伸ばして、数歩先をカタリナが歩いている。耳元にぶら下がる車輪状のピアスが、歩みに合わせて揺れ、差し込む陽射しに触れてはきらめきを放っていた。カタリナ。彼女の名を呼ぶと、視線を向けるが表情は仮面のように一定なままだった。しかし、表情を変えずとも、彼女は歩みの調子を変えて、ルチアと私に寄り添うように進み始めた。言葉や表情には映し出されにくい繊細な優しさ。彼女はその歩き方のように、真っ直ぐな言葉を好む人だ。だから、私も寄り道のない質問をぶつける。「ウルスラの部屋から、何か引き取ったの？」カタリナは頷く。「あの部屋には子供の自転車の車輪と、クリスマスの市で買った古い木剣を預かってもらっている。私がそれを持ち出すことはないでしょうね」「ずっと置きっぱなしのままにするの？」ルチアの言葉に、「分からない」と答える彼女の声は、言葉とは裏腹に曇りのないものだった。「あれは死んだ弟のもの。弟は騎士を真似て、腰に木剣を佩《は》いて自転車を馬に見立てていた」それから、言葉の輪郭を和らげて続ける。「弟が死んだのは小さい頃だったから、私はその印象以外よく覚えていないの。このイメージだって、両親の言葉から拾って作り上げたものだから」記憶の断片は、すでに彼女の中で一枚の肖像画として揺らぎのないものとなっている。カタリナは持物をさらに抱えることはなく、ただその一枚だけを記憶し続けることをすでに選んでいた。

森は進む度に、教会の幻想を重ねては脱ぎ捨てる。やがて森の小道は、カイザーヴィルヘルム公園に至り、私たちはようやく小休止をとることにした。公園は森の延長でありながら、野外劇場の装いも見せている。石造りのベンチや、口を開けた半円形舞台が顔を出し、その緑の水のような静寂の中に微睡《まどろ》み続けている。皇帝の名を戴く公園に人の気配はなく、私たちは広々と場所を占める。

焼き菓子を持ってきたのよ。目の前に大きな杯のような金色の菓子箱が差し出された。そう言ったのはバルバラだった。反射的につまんだそれは、白く薄く丸い形のもので、前歯にはさめば敢え無く割れるような軽い代物だった。甘みも塩気もなく、ただ口の中で水分を吸って溶ける。バルバラの甘やかな香りが漂いそうな微笑に押され、私は正体不明の白を飲み下す。聖餅《せいべい》みたいですね。野宮が小さく囁いてきた。アグネスのそばに戻ったバルバラに見えないように、私もそっと頷く。近くにいるルチアの傾ける水瓶が、陽射しを反射して、あちらこちらと瞬きながら、淡い水輪の模様を作っている。カタリナはプレッツェルの容器を回しているが、そこにあるのは全て車輪の形ばかり。寺田氏は金平糖の瓶を取り出して、覗きこむアグネスにこの星めいた菓子の角が形作られる過程を丁寧に説明していた。

ウルスラの姿がない。戸惑いながら、くるりと視線で辺りを撫でると、樹木のひとつがウルスラの姿に変容した。その樹木のたたずまいのままに、木立にまぎれ込んでいたのだろうか。どうやって運んで来たのか、木星トルテを鞄から取り出して切り分け始める。紙のナプキンに一片ずつ載せられてゆくと、アグネスが模様を覗き込みながら、仔羊のように甘やかな声でウルスラにねだる。薔薇模様のところをちょうだい。大赤斑を載せたトルテは少女の手に渡り、それに続いて木星トルテが、差し伸ばされた手を目指して宙を滑るように移動していった。アガータ。誰かがすこし離れた所に座る姿に呼びかける。アガータ、アガータと声が重ねられ、そこに笑いの襞飾りもついてきた。トルテを食べにこちらに来なさいよ。離れ過ぎよ。冥王星じゃあるまいし。声が波のように重なり解けて、色彩の渦に溶け込んで、誰のものだか分からなくなる。笑い声をくぐって、アガータはトリュフ犬と一緒に、丸く腰を下ろす輪の中に収まった。辺りの空気もまた奇妙なほど華やいで、その空気にあてられて樹木が柔らかく影を伸ばし始める。樹に絡みつく枯れ蔦も、いつの間にか緑を鮮やかにきらめかせていた。強い陽射しに疲れていた花も、花弁に硝子の透明さを映して、香りを柔らかく漂わせる。鳥の囀りはいつもの警告の声ではなく、歌劇女優の高いトリルで空気を震わせる。声と一緒に、焼き菓子の入った箱が手から手へ宙を移動し、蝶のような動きと軽やかさで視界を忙しく横切る。聖女の名前を持つ女性たちは笑い声を硝子玉のように転がし、つられて野宮や寺田氏も笑いの楽器となって、声と調和を作り上げてゆく。トリュフ犬も尾を指揮棒に、この渦巻く声の拍子をとる。葉の隙間からこぼれる光も鮮やかに、蜂蜜の透明感と粘りを湛えて流れ込み、この午後の時間や場所ごとそのまま琥珀の中に閉じ込めようとしていた。そして、その蜂蜜瓶のような時間に私ものみ込まれて、甘い黄金色に緩やかに沈んでゆく。

柔らかい空気の幻想に揺れている私のそばに、誰かが静かに腰を下ろした。アグネスだった。距離を置く彼女は、そばの石造りのベンチで膝を抱えたり、足を伸ばしたり落ち着きなく身体を動かす。まるで言葉の準備体操。その不器用さも彼女の言葉の一部なのだ。見れば、彼女の手には木彫りの羊が握られていた。鼻の部分が大きく欠けているが、その形状は鮮やかに記憶に焙り出された。もの言いたげな流し目の仔羊。それ、持ってきたんだね。少女は頷きながら、欠けた鼻面を指で撫でつけている。その動作を何度も繰り返してきたのだろうか。欠けた箇所に引っかかることなく綺麗に収まる指の動きが、反復する心の揺れも透明に描き出す。父さんからの贈り物だった。葉擦れに紛れそうなほどの小声で彼女は呟く。死んだ父さんがくれた迷える仔羊。私は小さい頃からよく癇癪を起して、自分の感情や考えの行方を見失っていた。そんな時に、父さんが私にこの羊をくれて、私を一匹の羊の番人だと言ったの。いつも彷徨って帰らない羊を、私が見つけに行けば、ついでに自分の感情の向かう先も見つけられる、そう冗談なのかどうか分からないことを言っていた。それから、彼女はさらに秘密を囁く。母さんの絵葉書には、ビスマルク塔が写っているの。あれも父さんが母さんに送ったもの。冥王星があった場所の。母さんにとっては冥王星はどうでもよくて、塔が見たかったみたいね。

ふいに彼女は立ち上がり、遠い舞台の方に軽やかに走ってゆく。トリュフ犬もすぐにその後を追った。彼の黒い動きに視線を合わせてゆけば、やがて遠近法の消失点に立つ人影へと導かれる。貝のようにぱっくり口を開けた石の天蓋の下、離れた場所から、野宮が手を振って合図を送っていた。その姿に、ゲッティンゲンに到着した日、駅舎内の緑を背景にした聖人像が重なって、そして淡く解けていった。

冥王星は姿を現していた。森に埋もれかけたビスマルク塔のそば、樹木の影がブロンズの表面に落ちて、そこには幾筋もの揺れる模様が浮かび上がる。森林散策愛好者の姿はどこにもなく、私たちは静かな目撃者としてブロンズ板の前に立つものの、実はどうすれば良いのか分からずにいた。写真を撮るわけでもなく、かつて置かれていた場所に平然と佇むそれの存在証明をしようとする気もない。ひっそり立つ模型板は、惑星と名づけられていた時間を引き延ばし、その空想の延長上に留まりつづけたように景色に馴染んでいた。ブロンズ板に触れると、皮膚に冷たさの模様が押し出され、やがて温もりに溶けてゆく。過去の冥王星の模型は、幽霊と言うにはあまりにも存在感が明らかで、森や塔のある場所にしっかり根を下ろしていた。

週末のみ公開する塔は、白い六角柱と円柱の組み合わさった形をしている。建物のフォルムは、私たちの塔に対するイメージを綺麗にまとめ上げていた。柔らかにくすんだ肌色や白、灰色の石が積まれた壁面は白樺の表皮に似ており、樹木の擬態に失敗したかのようだった。バルバラの持物である絵葉書では、このビスマルク塔が秋の色彩と柔らかな光を浴びて佇んでいた。今は夏。緑に守られた塔の姿はそこから隔たっているものの、葉書に溢れる言葉が紅葉し、目の中で記憶が秋を重ねている。扉の注意書きに従って、私たちはマスクを取り出した。奇妙なことに、そこにプリントされている模様は、彼女たちの名前と同じ聖女の持物を彷彿とさせる。私と野宮、寺田氏だけが、真っ白な模様の入らないマスクで口元を覆っていた。私はアガータとここで待っている。トリュフ犬もいるからね。あなたたちは、塔を見学してきなさい。ウルスラは、冥王星のブロンズ板のそばで腰を下ろしていた。彼女は鞄の中から、布にくるんだ容器を取り出す。アガータの記憶の持物だ。私はそう確信する。それを目にしたアガータは、静かな表情を湛えていた。静謐さが硬質に覆う仮面的な表情ではなく、波打つ感情に揺らめきながらも壊れることのない顔だった。原形を失うほどに歪める疼く視線を、記憶からはがそうとするのだろう。今度こそ、彼女は回想の原点に立つことができるのかもしれない。ウルスラの沈黙が、アガータの言葉に耳を傾けるのならば、ようやく長い記憶喪失も終わりが見えてくる。

入場料を払う際、チケットカウンターの向こう側に座る係員は、他の来訪者がいないことを眠たげな口調で告げてきた。アグネスがマスクの奥で鳥の声を上げて、白い壁の一方に置かれた物を指差した。小狡そうな表情を浮かべた羊の木彫り人形。バルバラは目元を和らげ、貝殻状の耳に言葉を二つ、三つと注ぐ。少女はポケットに手を入れ、彼女の持物を確かめる。バルバラとアグネスは窓際に歩み寄り、密やかな会話を始めようとしていた。私たちは音を立てずに、螺旋階段に足をかけ上階へ向かった。森の騒めきも鳥の声も、この厚い石の壁の向こう側に置き去りにされて、この中ではまた別の時間が流れている。かつてゲッティンゲンで大学時代を過ごした首相の名前を戴く塔の中では、時間が化石になったかのように遠いものと感じられる。

塔の内部は、思いのほか装飾性に欠けていた。私は頭の中で、勝手にタペストリーに織りこまれた物語を思い描いていたのだろう。機織りする老いた妖精や、閉じ込められた時間の分だけ伸びた長い髪を梳《くしけず》る女性。鏡に映る外側の世界に思いを寄せている女性。それがビスマルクでは、うまくイメージが重ならない。野宮と私は床や天井、壁との境目にも丹念に視線を指にしてなぞっていた。鏡像性のある行動をとっていることに気づいて、マスク越しながらも口元を淡く笑みが過るのが分かる。美術史を通して覚えた視線の向け方を、野宮の身体は九年前と変わることなく反復していた。

小さな六角形の部屋の中を五人が動き回っても、空気は揺らめくことなく静けさに沈んでいる。石の床が足音を硬質に鳴らすのではなく、吸い込んでゆくからだった。壁には、ビスマルクの言葉を載せた黒いプレートが幾つも掛けられ、耳を騒めかせない静寂の言葉となっている。寺田氏の時間に近い言葉。そしてそれと向き合うのは、ビスマルクの胸像だけ。沈黙に身を固めたこの像は、自らの言葉を反芻し続けるのだろうか。言葉と記憶を綴じ込めるための容器の中で、動きのない時間の中で。静かに窓から外を眺めるルチアと、色褪せた金文字に丹念に目を注ぐカタリナを置いて、私たちはさらに上の階へ向かうことにする。

螺旋階段は感覚を狂わせる。くるりくるりと回る度に、時間や場所が白く遠のいてゆく。回って上った先では、六角形のテラスとなった屋根が広がる。開けた光景を前にして、野宮と寺田氏はすぐに街の方向に目を向け、場所の名前を次々になぞり始めた。二人の言葉や視線は、月沈原とゲッティンゲンにそれぞれ向けられている。森の向こうで遠く小さく、二重の表情を湛えた街が横たわっている。百十年の時間の距離を縮めた光景。しかし、二枚の硝子に描かれた絵のように、街は重なり合うが、やはり隔てられたままなのだ。屋外だから大丈夫ですよね。野宮は言うと、私たちはマスクを取って、どちらかの、もしくは両方の時間の空気を深く吸う。ここは、蟬の声はなく静かですね。ふと寺田氏が口を開いた。鳥の声は歌を奏でるが、それはとても軽く、すぐに空気に解けてゆく。蟬の声は夏の空気を鋭角にして、暑さで溶けそうな物の輪郭を際立たせる彫刻刀の線のようです。その境界を線引く音に欠けるために、ここの夏の中では現も夢も混ざり合うのかもしれません。柔らかく深い眼差しを、こちらに向けて微笑した。この惑星巡りに至る時間は、十夜を過ぎた十一夜目の夢物語のようでした。背で腕を組んで佇む寺田氏は、遠くに向かって視線を投げるが、その遠さはどこまで続くのか分からなかった。

いつの間にか、寺田氏の姿は消えている。陽射しが硬く柔らかく交わる夏の空気の中、静かにその気配が掻き消えていた。心許なくなり野宮に尋ねると、帰られたと思う、そう答えた。彼の時間の中に。あるいは遠い場所に。街の記憶の中に。私の言葉は形を失って、そのまま喉の奥にのみ込まれていった。寺田氏が還ったことにより、野宮自身のゲッティンゲンでの時間もまた終わりに近づいていることに思い至る。その強く鮮やかな事実は、頭の中で音を立ててぶつかると、身体中に広がる白い哀しみめいたものとなる。

ルチアとカタリナの声が階段の奥から近づいてきた。その声を背後に残して、私と野宮はさらに階段を上ってゆき、円筒形の屋上に出てきた。遮るものがないのに彼女たちの声は途絶え、陽射しはどこか硝子めいた静けさを湛えている。私たちは無音の中にいて、そしてそれは言葉のために用意された場所だった。その時、埋火のようにあった罪悪感が、私の中で透明に抜け落ちる。惑星巡りを経て、九年の時間の存在感を、相手の中に見出していた。もう全部知っているんですか？　するりと口から飛び出した問いに、野宮は静かに頷いた。澤田から聞きました。両親と妹は還れたとのことで、本当に安心しました。でも、弟のことが気にかかっています。小さい頃に海で溺れかけたことがあったせいか、彼は海が苦手なんですよ。だから、早く水の中から地面の方に戻してやりたいと思っているんです。凪いだ表情の野宮は、ふいに鞄のポケットから白く光るものを取り出した。一瞬、それを歯と見間違え、思わずポケットを探り、手の中に握りこむ。それは帆立貝の殻ですか？　海に浸かったことがないような白く刻み線のはっきりした貝殻だった。野宮は頷いた。ウルスラの家の夕食会の帰り、市壁跡の散歩道を一周しましたよね。その時、トリュフ犬が発掘した物です。お守りのつもりで拾ったんですよ、二枚。弟の分も。野宮の場所を繋ぐそれは、静かに激しい痛みの籠った記憶の持物だった。彼の身体も見つからないままにあって、その貝殻は象徴に収まらない形の時間を浮き彫りにしている。これでたどり着けるかもしれませんね。そう呟く野宮に、私の言葉は渦巻きながらも祈りとなる。たどり着きます。それは聖ヤコブではなく、あなたの場所に繋がる物ですから。あなたの故郷に還ることができます。野宮は静かに頷く。

あの時、海から離れ地面からも遠く高い場所に野宮や彼の家族、彼と同じ場所に生きた人たちがたどり着いていたら、と思わず考える。その想像に意味はないが、祈りからはみ出た感情は、そこに向かってしまうのだった。

私は遠くへと視線を向けながら、そこにもう一つ別の景色を透かして見ている。それは海の情景だった。それから何度も三月を重ね、ドイツに向から半年ほど前の九月に、石巻に足を運んだ。ベルギーから一時帰国した晶紀子を松島に訪ねて一泊した帰りだった。松島の祖父母のところに彼女の両親も暮しており、結局は気仙沼に戻ることはなかった。静かな雨のように私たちの会話は続いたが、晶紀子は津波の爪跡にも海にもふれることはなかった。駅で彼女と別れた後、ふらりと石巻の方へ向かう仙石線に乗り込んだ。日没にはまだ間がある風景を、時折窓から拾い上げるうちに、私の目的は青にあると思い至る。アルトドルファーの描いた積み重なる青の層を目にできるのか、確かめたくなっていたのだ。その時、まず思い出していたのは野宮ではなく、彼の言葉による海の描写の方だった。海の街にたどり着き、迷いながら歩き回って、ようやく十年以上の時間越しに海と目を合わせた。

しかし、私が目にした海は、いかなる映像とも異なる静けさを湛えていた。いまだに消えない痕跡を刻んだ街や土地に対し、それは変わらずに動いている。その表情に私は混乱する。その表情を映した私自身、何かしらの恐ろしさも哀しみも湧き上がることはなかった。海を前にして、私が得たのはあまりにも遠い距離感だけだった。日没が近づいていたが、空は重たく曇り、灰色に鈍く雨の気配を漂わせ始めた。結局、青を確かめることは叶わず、そのまま仙台の方に戻っていった。

私は野宮の実家のあった場所を知らない。その時も、私はそこまで行こうとはしなかった。仮に分かっていても、野宮ではなく青の言葉を記憶に浮かび上がらせる私には、そこにたどり着くことなどできないだろう。あの日、私は狂った海から遠い場所にいた。海の黒と灰色の暴力にさらされず、野宮たちを引きずり回して失わせたものからかけ離れた場所。私はそのことに対して安堵し、身近にあった壊れた生活の軌道を元に戻すことに忙しくしていた。三月から時間が離れてゆき、私は元の生活をなぞり始める。しかし、戻らない場所の存在は、時間と共に輪郭を際立たせ、人や土地に刻まれた痕は、断ち切られた記憶を抱えていた。

私が恐れていたのは、時間の隔たりと感傷が引き起こす記憶の歪みだった。その時に、忘却が始まってしまうことになる。野宮が見つからないまま、時間だけは過ぎていった。私が訪ねた場所を歩いた足も、景色を映した眼も、潮の香りを捉えた鼻も、感覚的な記憶として留まらず、遠い物語的な記憶へと変容してゆく。その忘却の背後で、還れない人は死者以外にも多くいる。津波で全てを失った人、原発による避難区域に指定され、全てを置き去りにした人。還ることができないという事態は、海や原発から離れた場所で少しずつ忘れ去られてゆく。海に消された人々を、そこに繫がるものを今も探し続ける人たちの静かな姿と、それはあまりにも大きな隔たりがあった。

記憶の痛みではなく、距離に向けられた罪悪感。その輪郭を指でなぞって確かめて、野宮の時間と向かい合う。その時、私は初めて心から彼の死を、還ることのできないことに哀しみと苦しみを感じた。九年前の時間が音を立てて押し寄せる。私はその感覚に振り回されないよう、遠くに目を向けたまま、彼の土地を訪れたことを短く語った。遠くから眺めた海。青を潜ませ灰に光をまぶし瞬きを繰り返すもの。海を見ましたが〈アレクサンダー大王の戦い〉の情景の青は見ることは叶いませんでした。そう言うと、それは残念、と野宮は声を上げて笑い出す。その声は、静まり返った夏の空気に静かにひびを入れた。

午後二時四十六分、と野宮は呟く。静かな透明な声。遠近法の消失点が置かれた時間。引き裂かれた時と場所を想う。私は塔の上から街を眺め、そこにアルトドルファーの絵を重ねる。私の眼差しは鳥の形となって、上と下に広がる二つの青の面に向けられる。飛ばずに見続けて、固定した視点で私はなだれ込む色彩の動きと深まる青を見て、同時に離れて繋がる遠い海の情景をも重ねる。野宮の静かな気配は、空と海の青の中に溶け込むように薄れてゆく。私には振り返り、確認することはできない。幾重にも幾重にも時間を結びつけたつぎはぎの記憶の襞に、その気配もまぎれて遠ざかっていった。そこに還ることを願うという祈りは、見えない糸となって記憶を固定した。野宮は、もうそこにいないのかもしれない。手の中の歯はちりちりと小さくぶつかり合う。その音は、嘆きに似たものとして皮膚を通して耳にも響いてくる。耳元を吹き抜ける風は、遠く紙の騒めきをはらんでいた。透明に覆い被さった光景は、私の見ることの叶わなかった遠く呼応する青の世界。隔たった場所からこちらに向かって、青が通り抜けてゆく。私は鳥の視線を固定したまま、二つの青を重ねて重ね続け、そしてそれが消えるのを待つ。

参考文献

・『寺田寅彦全集　第四巻　随筆四　生活・紀行』（一九九七年、岩波書店）
・『寺田寅彦全集　第二十五巻　書簡一』（一九九九年、岩波書店）
・髙辻玲子『ゲッティンゲンの余光　寺田寅彦と髙辻亮一のドイツ留学』（二〇一一年、中央公論事業出版）

初出　「群像」二〇二一年六月号

解説

松永美穂（ドイツ文学者・翻訳家）

二〇二〇年七月初め、コロナ禍のドイツ。大学都市ゲッティンゲンに留学している美術史専攻の日本人女性のもとに、一人の訪問者がやってくる。陽射しのまぶしい夏の日中、光と影、白と黒のコントラストが鮮やかな駅前の風景がまず描写されるが、駅舎のなかで旅行トランクを引いて近づいてくるその訪問者は、九年前に日本の東北地方を襲った津波で行方不明となった男の幽霊にほかならない。この小説は、野宮《のみや》という名のその幽霊を同じ街に迎えた「私」の回想と日々の思考を織り交ぜながら、伸び縮みする空間と時間のなかを、行きつ戻りつ進んでいく。

死者との邂逅《かいこう》。とはいえ、野宮は「陽に透けないほどの存在感」をもって現れる。それは、とりもなおさず彼の存在を感じる「私」の透視力の強さなのかもしれない。

野宮と「私」の関係はもともと、それほど濃いものではなかった。仙台にある大学の、研究室の後輩が野宮であり、九年前の三月十一日、石巻の実家にいた彼は、家族ともども津波にさらわれてしまった。彼と弟の遺体はいまだに見つかっていない。「私」の脳裏には、生前の野宮と交わした会話が甦《よみがえ》ってくる。彼が研究対象に選んだ画家の絵と故郷の海の青色について語ったこと。「私」自身、ドイツ留学前に野宮のいない石巻に立ち寄り、海を眺めた思い出がある。

再会した「私」と野宮が、すぐにあの日をめぐる会話をするわけではない。むしろ腫れ物に触るように、津波の話題は避け、バス停まで同行する形で街を案内する。ゲッティンゲンには中心部から郊外へと向かう「惑星の小径《こみち》」があり、惑星間の距離が二十億分の一の縮尺で示されている。近年になって惑星でないことが判明した冥王星のブロンズ板がいろいろな場所に現れたり消えたりするのは、野宮の到着後二週間と経たないうちに噂になる、もう一つの怪奇現象だ。星の配置はしばしば言及されるが、冥王星の「冥」という字が冥界を連想させると同時に、流動的になっているその位置が、人々の相関図にも影響を及ぼすように見える（ドイツ語ではKonstellation《コンステラチオーン》という名詞が、星位だけでなく人間関係や複雑な状況の組み合わせをも指す）。

「私」はアガータという女性と住居をシェアし、ウルスラという年配の女性が自宅で主催するお茶会にときおり出席している。彼女たちは留学生の「私」にとって、現地でのよき友人であり相談相手になっている。「私」は宗教画を研究しており、聖人たちがシンボルとして身につける持物《アトリビユート》を熟知している。たとえば拷問の際に刳《く》りぬかれた眼球をシンボルとして手に持ちつつ、顔には健全な眼が描かれている聖ルチア。切り取られた乳房を掲げる聖アガタ。車輪と剣を携え冠を被る聖カタリナ。自分が幽閉された塔を手に持つ聖バルバラ。そして友人が研究する、聖ウルスラの聖遺物箱の話も出てくる。聖女たちの名前はあちこちにうまく仕込まれているので最初は気づかなかったのだが、「私」を取り巻く友人たちはいずれも、聖女の一人と同じ名前を持つ。するとゲッティンゲンでの「私」の日常も、現《うつつ》ではなく聖女の幻に満ちているのでは、という疑いが生じてくる。聖女たちの持物は、すべて何らかの痛みや暴力の記憶と結びついており、犠牲者としての女性たちの姿を浮かび上がらせるものだ。

後半、アガータの飼い犬が森でいろいろな物を掘り当てるようになるのだが、この行為は被災地の泥に埋まった遺体や遺物を捜索する作業と重なって見える。発掘した物を預かり、本来の持ち主に返していく仕事を引き受けるウルスラ（彼女の蒐集《しゅうしゅう》部屋は聖遺物箱を連想させる！）。そして、たとえばカタリナが、その部屋にある車輪と剣の話をする（聖カタリナの持物との一致！）。「あれは死んだ弟のもの。弟は騎士を真似て、腰に木剣を佩《は》いて自転車を馬に見立てていた」本書にはこんなふうに、さまざまに絡んでいた糸がほぐれ、パズルのピースが次々に嵌《は》まっていくような伏線の面白さがある。

タイトルにある「貝」の話もそうだ。ゲッティンゲンにある聖ヤコブ教会が紹介され、帆立貝がドイツ語では「聖ヤコブの貝」という名を持つことへの言及があり、アガータの犬が森でたくさんの白い貝殻を掘り出し、野宮が石巻でしょっちゅう帆立貝を食べていた話をし……。そしてもちろん、貝が育つ海のなかのどこかに、いまも野宮の身体があるのかもしれない。「貝に続く場所」のヒントが、作品中にちりばめられている。このように、時空を超えていろいろなものが結びつき、最終場面、登場人物全員が参加する「惑星巡り」の散策――「記憶の巡礼者」のような歩み――へと収斂《しゅうれん》していく。

「ゲッティンゲンは時間の縫い目が目立たない街である」と「私」は語る。多層的に重なる時間のなかを、幽霊も聖女たちも動き回っている。途中からゲッティンゲンを漢字で表す「月沈原」という言葉が出てくるが、それは野宮が街のなかに重なり合う別の時空間を呼ぶ名でもある。たとえば野宮はウルスラのドイツ語クラスで物理学者の寺田氏と出会うが、その人物の姿は百十年前に数ヵ月間ゲッティンゲンに滞在した寺田寅彦と重なっていく。彼がいた一九一〇年の十月から一一年の二月にかけての時期、ヨーロッパはすでにきな臭くなっていたとはいえ、最初の世界大戦はまだ起こっていなかった。伝統ある大学都市であり、数学や物理学の分野で世界に名を馳せていた「月沈原」は、学問の先進地として穏やかにアジアからの訪問者を迎えたに違いない。

死者と生者、現在と過去が混じり合い、すべてがシームレスにつながっていく不思議さが全編に満ちている。そのなかで、しばしば「私」の心をよぎるのは生き残った者の後ろめたさであり、突然断ち切られた交流への心残りである。その思いが死者の姿を幽霊として浮かび上がらせているようにも見えるが、能動的に訪れてくるのはあくまで幽霊の方である。ふと、ゲッティンゲン全体が一つの能舞台のように見えてくる。冒頭で野宮が現れる駅の通路は、一種の「橋掛かり」だったのではないか。能の世界に現れる死者は、すぐには本心を打ち明けない。生者は待つしかない。幽冥の境地のなかで、死者が思いを打ち明ける、そのような静かなクライマックスが、この小説にもやがて訪れるのだ。

最初は多層的な構造がなかなか見通せず、読書も行きつ戻りつするものとなった。しかし、メモをとりつつ再読してみると、一つ一つの文がよく考え抜かれ、「私」の心眼が見出すものが精緻に描出されていることに気づく。著者自身が専門の美術史研究を通し、物を見る訓練を積んだ人であることがわかる。しかもその観察を、少なくない語彙《ごい》を駆使し、彫琢《ちょうたく》された言葉で重厚に綴っている。

二〇二〇年、コロナ禍によって生者たちの往来が制限された時期だからこそ起こり得た、死者との再会。東日本大震災からまもなく満十年となろうとするときの、記憶の発掘。そう考えると、この作品が、喪《うしな》われた人や土地の相貌を透視して復元する、言葉の降霊術の現場であるようにも思えてくる。とはいえそれはオカルトではなく、知と情に裏打ちされ、忘却に強烈に抵抗する鎮魂の気持ちから生まれた言語芸術だ。

「破壊された顔は、三月が訪れる度に、再生や復興という言葉で化粧が施されようとする。その度に、失われた顔は幽霊のように浮かび上がる。そして、それを無理に場所にはめようとする時、それは単なる願望の仮面を押しつけているに過ぎなくなるのだろう」。たとえば被災地の「顔の二面性」を指摘しながら、小説の語り手はこのように述べるのである。

想起と発掘。「記憶」をテーマとする文学作品ではこの行為が繰り返されるのが常だが、「あの三月」を想起しつつ、ゲッティンゲンの近現代の風景までがそこに被さってきて、道を行き交う死者たち（避難民、囚人、空襲の死者たち……）の面持ちまでが見えてくる。W・G・ゼーバルトはしばしば散文に挿入した白黒写真でイメージを補強しながら過去の風景を呼び起こしたが、著者は言葉の力で、視覚のみならず触覚や聴覚までも動員しつつ、さらに複雑な想起を行っている。こうして、「惑星神の祝祭行列」に、仙台の七夕祭りがオーバーラップする（考えてみれば、七夕も星をテーマにした祝祭行事だ）。重層的なイメージを次々と展開してみせる本書は、言葉の可能性を探ろうとする意欲的な挑戦によって、読者を未知の領域に誘《いざな》う。

著者の群像新人文学賞受賞のデビュー作にして芥川賞も射止めた本作だが、その芥川賞を同時受賞した李琴峰《りことみ》との対談のなかで、著者は「記憶の文化」に言及したあと、次のように語っている。「だから、過去を自分たちの時代や場所に繋いでゆくためにも、文学や芸術というのは大きな役割を果たしているのではないでしょうか。創作というものを通して、常に過去と現在との距離も浮かび上がってくる。そして、作り出されたものは、時間や空間の隔たりをも乗り越える二重性を持っているのでしょう。もしかしたら創作が、記録だけでは補いきれない、息吹やまなざしを届けてくれるのではないかと思います」(「文學界」二〇二一年十一月号)

細部まで緻密に作り込まれた印象のある本作だが、著者自身が明かしている「仕かけ」についても触れておきたい。もともと芥川賞の選評で堀江敏幸がアガータの飼い犬ヘクトーを「非在の犬」と断じ、その名前が夏目漱石の飼い犬と同じであることを指摘していたのだが、選評が載ったのと同じ「文藝春秋」二〇二一年九月号で、著者自身が犬の名のみならず、主人公の小峰里美《こみねさとみ》という名が『三四郎』に出てくる里見美禰子の音を入れ替えたものであること、野宮も『三四郎』のなかで寺田寅彦をモデルに描かれた野々宮宗八からその名が来ていることを語っている。となると、野宮は時空を超えた寺田寅彦のドッペルゲンガーであるとも言えそうだ。さらに、ウルスラが開く木曜日のお茶会も、漱石の「木曜会」に因《ちな》んだとされる。思いのほか漱石へのオマージュに彩られた作品であったことに、あらためて気づかされた。ごく生真面目に言葉を紡いでいるように見える著者の、遊び心溢れる別の側面が垣間見えて楽しかった。

本作に続く『月の三相』、その後の短篇「マグノリアの手」や「マルギット・Kの鏡像」、「トルソの手紙」でも、現実のすぐ隣にある幻想的な世界が描かれている。物と人、作品とモデルの関係が流動化し、ときには逆転する。造形物が当然のように意志を持ち動き出す意外性や面白さがあるが、これはデビュー作から一貫した特徴と言える。一方、「群像」二〇二三年二月号掲載の「獏、石榴ソース和え」は、語り手が見る側・見られる側に分裂し、「不眠」をテーマに自分とパートナーの日々を描くという、新境地への挑戦が行われている。物の色・形・手触りにこだわりながら展開される光景は、シュールレアリスムの絵画を思わせる。

著者が織りなす物語と凄みのあるヴィジョンの数々は、読者にも想像力を全開にするよう促してくる。力強い言葉から生まれるものに、これからも注目していきたい。

この作品は、二〇二一年七月、小社より単行本として刊行されました。

|著者| 石沢麻依　1980年、宮城県生まれ。東北大学大学院文学研究科修士課程修了。ドイツ在住。2021年、「貝に続く場所にて」（本作）で第64回群像新人文学賞を受賞しデビュー。同作は同年第165回芥川龍之介賞を受賞。他の著書に『月の三相』がある。

貝《かい》に続《つづ》く場所《ばしょ》にて
石沢麻依《いしざわまい》

講談社文庫
定価はカバーに
表示してあります

2023年９月15日第１刷発行

発行者──髙橋明男
発行所──株式会社　講談社
東京都文京区音羽2-12-21　〒112-8001
電話　出版（03）5395-3510
　　　販売（03）5395-5817
　　　業務（03）5395-3615

KODANSHA

デザイン──菊地信義
本文データ制作──講談社デジタル製作
印刷───株式会社KPSプロダクツ
製本───株式会社国宝社

Printed in Japan

ISBN978-4-06-532681-7

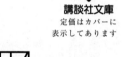

講談社文庫刊行の辞

二十一世紀の到来を目睫に望みながら、われわれはいま、人類史上かつて例を見ない巨大な転換期をむかえようとしている。

世界も、日本も、激動の予兆に対する期待とおののきを内に蔵して、未知の時代に歩み入ろうとしている。このときにあたり、創業の人野間清治の「ナショナル・エデュケイター」への志を現代に甦らせようと意図して、われわれはここに古今の文芸作品はいうまでもなく、ひろく人文・社会・自然の諸科学から東西の名著を網羅する、新しい綜合文庫の発刊を決意した。

激動の転換期はまた断絶の時代である。われわれは戦後二十五年間の出版文化のありかたへの深い反省をこめて、この断絶の時代にあえて人間的な持続を求めようとする。いたずらに浮薄な商業主義のあだ花を追い求めることなく、長期にわたって良書に生命をあたえようとつとめるところにしか、今後の出版文化の真の繁栄はあり得ないと信じるからである。

同時にわれわれはこの綜合文庫の刊行を通じて、人文・社会・自然の諸科学が、結局人間の学にほかならないことを立証しようと願っている。かつて知識とは、「汝自身を知る」ことにつきていた。現代社会の瑣末な情報の氾濫のなかから、力強い知識の源泉を掘り起し、技術文明のただなかに、生きた人間の姿を復活させること。それこそわれわれの切なる希求である。

われわれは権威に盲従せず、俗流に媚びることなく、渾然一体となって日本の「草の根」をかたちづくる若く新しい世代の人々に、心をこめてこの新しい綜合文庫をおくり届けたい。それは知識の泉であるとともに感受性のふるさとであり、もっとも有機的に組織され、社会に開かれた万人のための大学をめざしている。大方の支援と協力を衷心より切望してやまない。

一九七一年七月

野間省一